ORAZIONI

ADA NEGRI

ALESSANDRINA RAVIZZA

(1846-1915)

Orazione detta nel Teatro del Popolo,

il 21 marzo 1915, in Milano.

Alessandrina Ravizza camminava un giorno lentamente per le vie di Milano, quando vide passare un carro funebre di terza classe, nudo di fiori, quasi vergognoso della sua povertà, seguìto solo da un prete.

Colui che riposava nella cassa greggia pareva non avesse avuto, nel mondo, nome, famiglia, affetti: nulla. Se ne partiva solo: solo, forse, aveva vissuto. Ma la tristezza di quell'abbandono anche dopo la morte gelava il cuore.

La Donna della Pietà si mise allora dietro il carro, e lo accompagnò, passo passo, fra la gente affrettata e indifferente, sotto la pioggia. Lo accompagnò al cimitero, vi restò fino a quando la terra fu gettata sulla cassa, a palate brutali e sorde. Chi la vide, pensò che fosse la madre o la sorella del morto.

L'una e l'altra era, sì: di quel morto, e d'ogni vivente.

E quando ella rifece, immobile nella bara, lo stesso cammino per andare a conoscere quel che in vita mai non aveva voluto conoscere: il riposo,—tutta una popolazione in dolore seguiva il suo corpo inanimato.

Confusa tra la folla, io venivo subito dietro il carro: di esso non appariva ai miei occhi che la parte superiore carica di ghirlande, oppressa sotto il peso di enormi masse di fiori. Ed a me sembrava che il feretro non fosse già condotto al camposanto dal pesante e misurato passo dei cavalli; ma che la folla intera lo portasse in trionfo sulle anonime spalle, sul proprio dolore offerto come un ultimo rendimento di grazie. Nell'ora solenne, sotto il cielo piovorno che toccava i tetti, le vie lungo le quali la Santa di Milano passò fra corone di vessilli eran trasfigurate in un solo viso, d'un pallore e d'una intensità non mai veduti. Grappoli umani, con gli occhi spalancati, senza parola, senza gesto, senza respiro, sporgevan dalle finestre, dai balconi, dalle cancellate dei giardini, dai vani delle porte, dall'alto delle soffitte. Con ondeggìi, con risucchi, con improvviso spalancarsi e rinchiudersi di gorghi, il corteo, fiume d'anime, invadeva le strade, allagava i sobborghi, inghiottiva nel suo lento avanzare ogni espressione di vita cittadina che fosse estranea all'immensità di quel cordoglio, alla magnificenza di quel rito.

Rito celebrato in silenzio.

Ma vi sono ammirevoli sinfonie di silenzio, ricche di accordi psichici profondi come baratri, violenti come raffiche: che dall'insensibile durezza delle pietre e degli asfalti salgono per la via delle anime a commovere l'aria sino alle stelle nascoste dietro le nubi.

La Santa di Milano ebbe, nella città ch'ella tenne tutta nelle mani per virtù di amore, le esequie che si convengono agli eroi.

Ma possiamo noi veramente, dinanzi ad una creatrice qual fu Alessandrina Ravizza, pronunciar la parola «dolore»?...

È, questo, un sostantivo comune, atto ad esprimere, da quando è viva l'umanità, una sensazione o un sentimento comune. Dolore, morte, dissolvimento, non esistono per le forze creatrici. Quando un segnacolo umano scompare così, non parte che per lasciar dietro di sè un irradiamento di luce, un sommovimento di coscienze, un vibrare di fluidi, un anelito di spiriti verso la grandezza e lo splendore degli orizzonti che esso medesimo rivelò.

Non dolore, dunque. Indegno di lei, indegno di noi.

Serenità: la consapevole e stoica serenità che fu, forse, la più ammiranda virtù di Alessandrina Ravizza: per la quale rifulse di stupendo equilibrio, pur nel vario tumulto d'una esistenza di battaglia.

Ed ecco, io l'ho dinanzi, quale mi apparve la prima volta che la vidi, or son molti anni: quale mi apparve, immutata, l'ultima volta che la vidi or son pochi mesi, nella Casa di Lavoro.

Il suo aspetto era quello di un essere che porti in sè stesso—e lo sappia—l'Assoluto della regalità.

Alta su tutto, la fronte: vasta bianca massiccia nell'aureola dei lievi capelli d'argento, dura infrangibile come fosse fatta di materia silicea, luminosa lontana come fosse fatta di materia astrale.

Dalla troppo grave pesantezza del corpo alla lentezza del gesto ieratico alle linee belle ma affloscite del viso, ogni particolare della persona straordinaria si riassumeva nella maestà di quella fronte.

V'era contenuto un mondo.

Fra lo sguardo di Alessandrina Ravizza e chi le stava dinanzi, fluttuava sempre una misteriosa immagine scôrta da lei sola: un sogno, una verità, l'ombra d'un sogno, l'ombra d'una verità.

Pareva assente, con quegli occhi astratti: era invece vicinissima, con la voce e la parola. Voce pacata e penetrante, parola che subito si insinuava nel segreto dell'anima, talvolta sfiorando con estrema delicatezza una gelosa ferita, talvolta (ove fosse necessario) diritta come un coltello, tagliando nel marcio, dando libero corso al pus velenoso, trovando immediatamente il nervo sensibile da far scattare, la colpa o la debolezza nascosta da estirpare, così come si estirpa una cisti.

Nel magnetismo di quell'energia consolatrice, un innumerevole popolo di miserabili senza legge, di donne senza focolare, di adolescenti sperduti, di pregiudicati dal libretto rosso, di maestri senza cattedra, di poeti senza fortuna, di cantanti senza scrittura, di vagabondi e refrattarî d'ogni risma, trovò il conforto di un'ora, il riposo di un giorno, la strada della salvezza, la redenzione della vita.

Nessuna miseria le fu estranea, sia del corpo, sia dell'animo, sia prodotta da singola fragilità o colpa dell'individuo, sia dallo squilibrio dell'assetto sociale. Ad ognuna ella oppose, serena, il suo insonne cuore, il suo coraggio senza limiti, il suo battagliero ottimismo, la sua vertiginosa passione di pietà e di giustizia, alla quale ben si sarebbe potuto consacrare il motto della salamandra: «Più ardo più godo». Condensare in poche pagine la sua storia, non è possibile; poichè ella visse non già una sola vita, ma mille e più di mille.

Dire che ella nacque a Gatskina, in Russia, nel 1846, da madre slava e da padre italiano (un Mazzini, che si era rifugiato colà durante il periodo delle guerre napoleoniche, divenendo funzionario dell'impero), non ha importanza, non può che far sorridere. L'individualità di Alessandrina Ravizza non è tale da restringersi fra le colonne dei registri dello stato civile, e la sua ombra si riflette sull'umanità, al di fuori del tempo e dei confini.

Fu slava, e latina. Dell'intelligenza slava possedette l'intrepida logica e la furia mistica: del temperamento latino, la morbidezza del tatto, il senso dell'equilibrio, l'ala della poesia.

Da tali elementi, fusi nel crogiuolo del più assoluto ardore di dedizione che mai avvampasse in creatura femminile, risultò il capolavoro umano ch'ella potè incarnare.

Scesa a diciotto anni in Italia, vi restò. Se ad una simile Donna si può dare una patria, fu certo quella che il suo cuore scelse, e fu l'Italia.

Come si era svolta la sua adolescenza? In virtù di quale causa intima od influenza esteriore aveva potuto affermarsi in lei un così originale concetto della vita, un'individualità di così complessa e potente freschezza?...

Di sè ella non parlava mai. Non esisteva che per gli altri. Ma, quasi senza volerlo, nel bizzarro racconto cui volle apporre un ancor più bizzarro titolo: «La nota della lavandaia», diede la chiave del proprio mistero psicologico nella tolstoiana figura della piccola Vera.

Dipinse sè stessa nella delicata adolescente russa, che sulla scorza degli alberi andava religiosamente incidendo la parola «verità». Si chiama, propriamente, Alessandrina, la piccola Vera ribelle al giogo ipocrita di una delle tante istitutrici di qualità, esperte nell'arte di torturare la fanciullezza: l'acerba creatura senza requie, che vorrebbe ragionare, mentre le impongono: Devi credere: che morrebbe di esaurimento e di schifo del mondo, se, per miracolo, non trovasse la salute del corpo e dell'anima nella pace campestre della fattoria di Yegor Mathewievich.

Suoi compagni, laggiù, sono Wianka, il pastore figliuolo di tutti, scoperto in terra, un'alba di Natale, fra le gambe sanguinose d'una vagabonda morta nel darlo alla luce, e allevato nella fattoria con il latte d'una capra; e il carrettiere Fedor, biondo colosso innocente, luminoso negli occhi, nei denti e nell'anima. Wianka è un selvaggio, Fedor un mistico. Entrambi sono analfabeti. Ella insegna loro a leggere; essi insegnano a lei come non si possa esser felici e buoni che al contatto della Terra Madre.

Ella ama le cose agresti, l'odore dei fieni, le belle mucche pezzate dagli occhi dolci, i contadini semplici come le mucche, il linguaggio del vento fra gli alberi, del silenzio nei prati, delle lunghe cantilene cantate da Fedor. Cerca, avida, in tutto questo, la verità: la cercherà, fatta donna, fuor d'ogni legge sancita, d'ogni convenzione chiaramente o tacitamente accettata, d'ogni forma sociale che stabilisca una regola e implichi una condanna per colui che non vi si assoggetti.

E si porrà all'infuori e al disopra di tutto.

E sarà Alessandrina Ravizza.

Sposetta ventenne, a Milano, ella divenne la «figlia del cuore» di Laura Solera Mantegazza. Le due fiamme arsero insieme. La mirabile organizzatrice che, prima in Italia, aveva introdotto il principio della cooperazione fra le operaie, e, vecchia ormai e malata, non aveva cessato un giorno di lavorare in fervida umiltà, lasciò, morendo, alla discepola, un legato: la Scuola Professionale Femminile, a pena fondata, se così si può dire, sulle basi di un tavolo, sei sedie, un nobile sogno, molta buona volontà—e, soldi, zero.

Il legato pesava; ma le giovani braccia eran forti.

Non v'ha di quel tempo chi non ricordi una straordinaria serata di beneficenza al vecchio teatro di Santa Radegonda, allora frequentatissimo. Serata che tutte le gazzette portarono alle stelle, che segnò un'epoca, che fu il sigillo dell'influenza morale e della popolarità di Alessandrina Ravizza. Vennero poi le «fiere annuali», vivacissime, indiavolate, attiranti tutta Milano, coronate con pazzi successi di simpatia e.... di cassetta.

Così la prima Scuola Professionale italiana per le fanciulle povere meravigliosamente fiorì.

Ecco, in un anno terribile, Milano sconvolta da una di quelle crisi industriali che gettano a mare un'intera popolazione. Con la miseria, con la disoccupazione, la crudeltà d'un inverno polare. Ed ecco Alessandrina Ravizza balzar fuori con le Cucine Economiche, e con le Cucine per gli ammalati poveri. Fondo di cassa: venti franchi. Cuoca, sguattera, aiutante, consigliera e socia: una rude popolana di Porta Garibaldi. Casa in cui le Cucine s'installarono: un bugigattolo di via Anfiteatro, covo di lôcch, rifugio di pregiudicati e di male femmine. Ma Alessandrina Ravizza non aveva paura dei lôcch, nè delle male femmine, nè dei budelli a doppia uscita, che puzzano di detriti e di delitto.

Il barabba classico, Togasso o Biscella, dai calzoni a campana e dal copricapo a visiera, calato sulla faccia tagliente come rasoio, si sberrettava davanti a lei, svegliando a scappellotti nella propria animaccia bislacca quanto vi poteva ancor dormire di cavalleresco. La donna da marciapiede si umiliava, serrando sul motto da trivio le labbra mal dipinte. Le lebbrose pareti, pratiche di vizio come vecchie lenone, si sbiancavano al passaggio di colei che non sapeva che cosa fosse paura. Compariva, illuminava, purificava. Nessuno toccò mai un capello alla «contessa del brœud», alla «sciôra Sandrina».

Possedeva l'immunità dell'amore.

Per riscossioni o invii di denaro, per missioni delicatissime, esigenti la più scrupolosa onestà, potè servirsi (anzi, servirsene fu la sua gioia) di certi avanzi di galera, da pregar Dio di non farceli incontrare ad un crocicchio, di notte. Ma quegli avanzi di galera si sarebbero lasciati ammazzare, per lei. Molti di loro fecero di meglio che morire: divennero, per lei, galantuomini.

Dopo l'insurrezione del 1898, l'ardentissimo appello d'una donna alle donne italiane apre una sottoscrizione di cinque centesimi a testa, per migliorare il vitto e le condizioni dei detenuti politici, chiusi in folla nelle prigioni. La stessa donna ottiene, dopo pazienti sforzi, che gli operai rivoluzionarî usciti dal carcere riprendano il loro vecchio posto nell'officina o nel laboratorio. La stessa, più tardi, non si dà pace finchè non riesce a far distribuire dal governo un'indennità di settantatrè mila lire ai ferrovieri licenziati in seguito alla famosa rivolta. Chi può essere?... Lei, sempre lei, Alessandrina Ravizza.

Mentre la sua opera sociale con tanta ampiezza si svolgeva, il suo appartamentino privato in via Andegari, nel centro più milanese di Milano, aveva l'aria d'un piccolo ministero. Gente e gente d'ogni classe, dalla signora in diamanti e pelliccia allo studentello in giacchetta logora, dal deputato all'operaio a spasso, dall'artista in altissima fama al ladro rilasciato dal carcere, riceveva udienza a quel dolce confessionale. Là ella rifulse nella sua inimitabile originalità. Là, ella fu «Sacha».

Penetrò il segreto di migliaia d'esistenze, trovò una consolazione per ciascuna, scoperse una via per tutte. Gli instabili, i decaduti, i depressi, gli inconsistenti, i vergognosi del proprio dolore, ebbero in lei quella che li comprese com'erano, li salvò nell'unico modo possibile, uno per uno e ciascheduno secondo la sua natura, il suo tormento, la sua necessità.

La mente sovrana di lei era un registro infallibile, nel quale ogni postulante stava fotografato, accasellato, distinto nelle più singolari caratteristiche del suo caso personale. Il documento umano fu la passione di Alessandrina Ravizza: sempre partì da esso per arrivare alla sintesi.

A Parigi, una sera d'estate del 1900, ella assisteva ad una lezione della novissima Università Popolare, inaugurata in quegli stessi giorni. E vide un grosso cocchiere di piazza, il quale, immobile presso la porta, con il mento appoggiato al pomo della frusta, beveva le parole dell'oratore con la medesima avida golosità con la quale avrebbe ingollato un bicchier di vino. La Donna pensò: Ecco. Fino a ieri, alla bettola. Oggi, alla scuola.

La visione del bravo brumista dal naso bitorzoluto divenne, da quella sera, ossessionante nel suo cervello sempre in ebullizione. Personificò, per lei, il popolo, che non solo necèssita di pane per il corpo, ma di fosforo per lo spirito. L'automedonte parigino assunse ai suoi occhi gigantesche proporzioni: fu, non più un uomo, ma una classe.

Immediatamente tornata in Italia, ella cominciò a darsi dattorno, a formare, con la forza dell'argomentazione e della fede, un compatto nucleo di zelatori, nel nome del chiaro avvento: l'Università Popolare in Milano.

Perchè in Parigi sì, in Milano no?...

Novembre: l'idea è divenuta metallo in fusione.

Dicembre: Enrico Annibale Butti—nobile artista, nobile cuore—tiene, nell'affollato salone dell'Albergo Milano, un eloquente discorso sull'argomento che ormai appassiona tutte le anime non vili.

Gennajo: altri oratori, altri e più efficaci discorsi: Luigi Gasparotto, Innocenzo Cappa.

Il denaro?...—Ma quando la Ravizza vuole, il denaro c'è. Non si sa bene da qual parte sgorghi; ma zampilla, ma splende, ma c'è. È il suo segreto, questo. Lo caverebbe dalle pietre.—Dunque, niente timore, e avanti!...

Primo di marzo del 1901: data memorabile. Nel teatro Olimpia, davanti ad un pubblico attento e raccolto come in un tempio, Gabriele d'Annunzio inaugura, con la lettura della Canzone di Garibaldi, l'Università Popolare di Milano.

Nell'opera bella Alessandrina Ravizza non fu, certamente, sola. I migliori fra coloro che io vorrei chiamare «costruttori intellettuali» furono con lei, per innalzare il monumento di coltura popolare del quale Milano va giustamente superba. Anni ed anni di vita intensa, di instancabile attività, ne fecero una delle più importanti palestre di pensiero della patria. I più illustri cultori dell'arte, della scienza, della filosofia, italiani e stranieri: professori e maestri più modesti di fama, pur non meno coscienziosi e ferventi, dissero, in quelle aule, la loro parola al lavoratore del ferro, del legno, della macchina, del cuoio, del libro.

La più nobile forma della fraternità.

La reale comunione degli spiriti.

Vennero ad ascoltare, a imparare, con gli operai, anche gli studenti, gli impiegati, i professionisti. E gli artisti, anche, vennero.

E, nella gioia del libero sapere, tutte le classi, là dentro, si cementarono.

E la Condottiera, che aveva posta la prima pietra, ne esultò; e il suo elastico spirito si volse ad altre mète.

Fondata un'opera, ella (ove se ne eccettui la Casa di Lavoro) possedeva il genio, ed anche la virtù, di lasciarla vivere di vita propria. Trasfuso in essa il germe fecondatore, additatone l'indirizzo ideale, costruitone lo scheletro dell'organismo, non le imponeva a lungo la propria presenza, la propria autorità, come un dogma o una catena. La dominava, l'incitava; ma dal largo e dall'alto. Le diceva: «Respira, muoviti, e lavora: non a me tu devi obbedire; ma all'idea che ti trasse dall'ombra, ed alla inevitabile legge dell'evoluzione».

L'opera, per Alessandrina Ravizza, apparteneva all'umanità, che aveva il diritto e l'obbligo di rinsanguarla, con la corrente sempre viva delle giovani forze.

Per questo il nome di lei si trova legato ad una quantità d'istituzioni. La sua versatilità fu sfaccettata al pari di un prisma; ed ogni faccia rifletteva il sole. Al rapidissimo balenar dell'idea succedeva, pur rapidissima, immediata, l'azione: ottenuto l'intento, il lungimirante spirito si volgeva ad altro.

Ma quel che sorse per volontà di lei, conservò, e conserva—convien dirlo— l'indelebile impronta della sua originalità spirituale. Ovunque passò, lasciò una traccia: ovunque la fiamma del suo gran cuore splendette, un rogo di passione si accese.

V'era una chiesa in via Lanzone, un'antica chiesa longobarda senza più altare, annessa al piccolo ospedale sifiliatrico dai leggiadrissimi portici, che ora il piccone abbattè.

Alessandrina Ravizza la riconsacrò, ma scuola, per bambini luetici e donne perdute. Io la vidi colà sorridere nell'esercizio d'una pietà per molti inutile—per lei tanto più necessaria quanto più vana.

Gli scrostati affreschi della vôlta parevano attendere ritmi di preghiere: e che altro non erano, se non preghiere, le canzoncine dei bimbi?... Un Cristo di gesso tendeva da un alto zoccolo le braccia: Lasciate i pargoli venire a me.—Sull'assito che celava l'abside, il giovanissimo pittore Mario Moretti Foggia aveva dipinti a tempera inverno con neve, primavera con fiori, estate con mèssi, autunno con frutti. Dappertutto, rose in fasci, seggioline e tavolinetti di candido ferro smaltato. Bianchezza, innocenza. Tutta quella leggiadria l'aveva voluta lei, per loro: per i piccoli condannati.

Appunto per questo: perchè eran condannati senza aver commesso nulla di male.

Pietà inutile?... Esiste forse, la pietà inutile?...

Si stringevano intorno a lei, i fanciulli convalescenti (ma non guariti) dell'inguaribile malattia per la quale padre e madre si vorrebbero (ma non si possono) maledire: per la quale gli zelatori della selezione umana imporrebbero, nel nome della salute pubblica, una mortale iniezione di morfina: i frutti d'alberi marci, destinati alla piaga purulenta, alla cecità tentennante, alla follia degenere: a divenire null'altro che cenci nel mondo il quale non richiede, non esige che forza.

A lei guardavano, ed erano consolati: per lei imparavano a leggere, a scrivere, a conteggiare; e avevan libri, giocattoli, fiori, alberi di Natale scintillanti dì lumi e di doni. E cantavano i cori in cui si dice che la vita è bella. E ne ebbero gioia.

E gioia ebbero, con essi, le sventurate che dalle corsie dell'ospedale sifiliatrico entrarono nella Chiesa-Scuola, accolte con chiara e semplice tenerezza: compitarono sui libri parole di grazia: si sentirono, la prima volta nella vita, circondate di rispetto: videro forse per la prima volta, negli occhi della Purificatrice, che il cielo era azzurro anche per loro.

Tolto l'altare; ma sempre quello, nei secoli, il Vangelo: sulle labbra della Ravizza ardente così da distruggere la carne malata e mettere a nudo i cuori che l'ascoltavano.

La chiesa fu lasciata intatta, a storica memoria; ma dell'ospedale non esistono più, ora, nemmeno le pietre. Sorgono a quel posto un ginnasio e un liceo, per l'adolescenza bella e sana, che dovrà rinvigorire la muscolatura d'Italia.

La via mutò nome. Tutto cambia.

Ma le tristi inferme e gli ancor più tristi fanciulli dalle vene guaste furono, con la loro diletta Scuola-Laboratorio, trasportati in luogo più arioso e più adatto alla moderna igiene, nel Padiglione Dermatologico di via della Pace; e affidati alle cure della più degna discepola di Alessandrina Ravizza: Bambina Venegoni, che da lei ricevette la lampada accesa, e sa che nelle sue mani non si spegnerà.

Alessandrina Ravizza fu la prima donna che, in tempi ormai già lontani, riuscì, con abito non religioso, a varcar le soglie delle carceri, per compiere ufficio di carità materna verso i giovinetti pei quali ancora non esisteva la condanna condizionale; e che, per crimini in cui, certo, la loro acerba responsabilità non aveva gran parte, venivano ammassati in luridi cameroni, dove i più esperti in corruzione riuscivano a rovinare i più ingenui.

Una nota di cronaca, breve e brutale, l'aveva spinta al difficile passo: un precoce delinquente di quattordici anni s'era suicidato in carcere, appiccandosi ad una sbarra della feritoia. Tutta l'adolescenza abbandonata fra il marciapiede, la bettola e la prigione, si concentrò, per lei, in quel piccolo suicida.

Travide in un lampo il bene da compiere: si considerò investita del còmpito di riparazione che la società doveva a quei deviati: andò, come sempre, fino in fondo.

Fu la più bella delle sue gesta di carità.

Passò le giornate in compagnia di adolescenti criminali, nella penombra piena di brividi delle prigioni: ebbe con loro i dialoghi lapidarii che il cuore non scorda più, udì da loro le verità corrosive che brucian le labbra di chi le dice e il volto di chi le ascolta. Penetrò, con il proprio istinto psicologico che non fallava mai, nell'intimo di quelle animule, pozzi profondi d'acqua avvelenata. Decifrò, con acuta avidità scientifica, la nevrosi del futuro barabba. Ricevette, da bocche quasi infantili e già decrepite, rivelazioni straordinarie sulle speciali leggi, sulla disciplina feroce della società sotterranea.

Ma non le bastò.

Seguì fuor del carcere, nella vita, i suoi piccoli delinquenti. Mostrò loro il bene, come si apre una finestra a chi asfissia, come si indica una sorgente di fresca acqua a chi è arso da troppo calore. Li convinse con il genio della persuasione. Fu la mamma, solo e divinamente la mamma. Li amò, li capì, li difese, se li contenne nel cuore, li considerò come usciti dal suo proprio grembo—sterile come quello di quasi tutte le donne destinate alla maternità cerebrale.

Nel libro dal vero «I miei ladruncoli», nel quale ella riuscì a raccogliere, con sobria efficacia, molti preziosi documenti di criminalità infantile, narra lei stessa in qual modo potè scoprire le trame di una vera e propria associazione a delinquere fra ragazzi, chiamata la scuola del furto: con inviolabili articoli di statuto, leggi senza scappatoie, tenebrose lotte intestine, e un re: el re di lader.

Era costui Pasqualino, detto Lino, detto anche el Schisc, vagabondo di mestiere, alloggiato la notte nel principesco Albergo del Verde, quando il verde c'era: Piazza Castello, seconda panca a sinistra del viale: oppure, nel cavo tronco di un albero secolare, presso il dazio di Porta Tenaglia.

Nel raggio d'influenza di colei che, con subitanea, selvaggia passione, egli chiama «la mia mamma», el re di lader si ravvede, rinuncia al cattivo potere: senza per questo, s'intende, tradire i suoi compagni, e sicuro del complice silenzio di Alessandrina Ravizza.

E vorrebbe, sì, lavorare: entrare nella Nave-Scuola del Garaventa, dove tanti discoli furono accolti, e trovarono la salute del corpo e dell'anima nella disciplina del Maestro, nell'alito salso del mare.

Ma si ammala, orrendamente, di tigna.

La casa di cura, dunque, invece della Nave-Scuola. E la cuffia di pece, e le pinze martirizzanti.

Solo?... Ah, no. La sua «mamma» è con lui. Si è, per restargli accanto, isolata dal mondo, assoggettandosi al rigore di un'assoluta segregazione.

Chi ripeterà le parole pronunciate in tante ore d'oscuro e accettato supplizio, fra la madre senza macchia e il figlio d'anima, delinquente e tignoso?...—Aiutami tu, Santo Francesco: canta per me uno de' tuoi più innocenti fioretti.

Lo Schisc, sovrano volontariamente decaduto da un regno di rapina, appoggiava, seduto su di uno sgabello, in grembo a lei la testa umiliata dal ripugnante male, fasciata di bende antisettiche.—Ma il male era bello, e le bende una corona.— Conversavano essi, sottovoce. Forse, dei piccoli complici sparsi pei budelli tentacolari della metropoli, senza dimora fissa, senza stato civile, con un solo terrore: quello della questura. Quanti!...

Quel dall'occhio: malaticcio, senza parenti, nato dal rigagnolo per generazione spontanea, macchiato sotto l'orbita destra da una ributtante piaga, della quale egli approfittava per vivere di mendicità, riducendosi a dormir la sera all'Osteria delle Due Sedie,—una per la testa e l'altra per i piedi, il tutto a due soldi.

Gonin, la spia: Rico, il viceré, rivale e nemico acerrimo dello Schisc: piccola belva dalla bassa fronte capelluta, dall'occhio torbido feroce, carne da galera, non privo d'una certa diritta linea nell'innata crudeltà.

El fiœu de nissun: un altro abbandonato, bello ed aristocratico nei lineamenti e nel tratto, come (e forse lo era) il figlio d'un patrizio.

Quel dalle smorfie: borsaiuolo audacissimo, di agilità rocambolesca, Gavroche del vicolo milanese, funambolo del ladroneccio, ammaestratore di rane e di gamberi con grande spavento delle serve del Verziere, clown dalla scarna mobilissima maschera, atta ad ogni più buffa e più tragica trasformazione.

Eugenio: il pallido, floscio, spaurito Eugenio, che non aveva mai potuto imparare a rubar bene, perchè tremava sempre di paura; e al quale i compagni fischiavan sul viso, beffardi:

—Va là!... tu sei fatto per essere onesto!...

E gli altri?...

Oh, andare a cercarli. Poterli ritrovare. Poterli portar via, farne una colonia di coltivatori della propria terra, di contadini liberi e forti....

Sognavano, madre e figlio. Un sogno mirabile. Una casa immensa, con focolari accesi, con letti bianchi, con gaie tavole apparecchiate, con porte aperte, nella quale potessero venire accolti, in libertà, senza domande, senza connotati da registrare, senza rimproveri, senza sermone, i piccoli vagabondi figli di nessuno, nati non si sa dove, vivi non si sa perchè, costretti a dormire all'Osteria delle Due Sedie, all'Albergo del Verde o al Caffè dei Piedi Umidi: a rubar per mangiare: a finire, un bel giorno, in scatola o all'ospedale.

Anche i grandi, però. Anche i vecchi. Anche quelli macchiati di sangue. Tutti, con il fascio delle loro colpe, non più gravi, forse, dei loro dolori: con il marchio dei proprî delitti, non più orribile, forse, di quello delle ingiustizie che, sin dall'infanzia e già prima di nascere, hanno dovuto subire.

E senza sermone. Già. Lo Schisc disprezzava incommensurabilmente le prediche moraliste. «Hin tucc cialâd»1, diceva. Egli l'aveva udita, la voce del miracolo. Sapeva la sua dolcezza.

O Madre!...

Nella cella di segregazione d'una clinica, dal martirio di un discolo infetto di tigna e dalla carità della Donna senza riposo, nacque il germe della Casa di Lavoro.

Vi è, in ogni vita di pensiero e d'azione, il periodo della sintesi. Si giunge, nella più varia e lussureggiante sinfonia musicale, al punto nel quale idee melodiche, accordi, dissonanze, sapienze d'ispirazione e di stile si raggruppano, aderiscono fra loro, fondendosi in un unico pieno d'orchestra,—culmine e coronamento dell'opera canora.

Alessandrina Ravizza, già avanzata negli anni, non stanca, no (poichè non lo fu mai), ma avente dietro di sè una foresta spessa e viva d'istituzioni da lei create, di umane esistenze per lei scavate dal terriccio impuro e deterse dell'indegnità,— compose in sè la propria sintesi, toccò il culmine della propria sinfonia vitale, entrando a dirigere la Casa di Lavoro.

Il vecchio sogno s'era fatto realtà, per volere e nella sede della Società Umanitaria, fondata in Milano dal filantropo Mosè Loria, al solo scopo di promuovere e aiutare le energie del popolo.

Spirito libero se altro mai ve ne fu, Alessandrina Ravizza non avrebbe potuto incanalare tanto impeto fattivo fra le strettoie d'un'istituzione di beneficenza propriamente detta, fosse pure opera sua: Casa A, Casa B, Casa C, disposta ad accogliere la tal classe di miseria, ma non la tal'altra: la tal classe di miseria, dico, ben riconosciuta, provata, vivisezionata, messa a protocollo, chiusa in prigione fra gli articoli d'uno statuto.

Sulla soglia, sempre aperta di giorno e di notte, della Casa di Lavoro, ella si trovò, per incanto, al suo posto ideale. Là ella fu, non solo una forza, ma un simbolo.

—Picchiate, e vi sarà aperto.

Il disoccupato picchiava, entrava, senza che alcuno gli chiedesse di quali strade fossero la polvere e il fango che gli imbrattavan le scarpe, o se in tasca avesse le sue carte in regola.

Gli bastavan, per essere accolto, i connotati della disperazione.

Nel palazzo di via Manfredo Fanti, grigio, severo, ma illuminato di verde dai centenarî platani del cortile, trovava letto, cibo, assistenza, lavoro. S'intende, il più semplice, il più adatto ad essere compiuto anche da mani inesperte, o avvezze ad altra fatica: casse d'imballaggio, attrezzi di legno, mobili rozzi, scatole di cartone, sacchetti per droghieri e farmacisti, buste, Pinocchi verniciati, lavori di copiatura. Ripartendo tre settimane dopo, egli andava quasi sempre verso un piccolo posto di guadagno, che Alessandrina Ravizza gli aveva potuto scovare, sconvolgendo mezza la città.

La valanga della disoccupazione anonima, abbattendosi contro di lei con illimitata diversità di provenienza, di sostanza, di espressione, di sentimento, la colpì in pieno cuore solo per saggiarne la resistenza bronzea, e farne meglio vibrare tutte le corde dell'energia.

Là ella decifrò l'inedito della miseria umana, lo condusse a divenir materia degna di salvazione.

Uomini senza patria, capaci di molto bene e di molto male, in perpetuo pugilato con la civiltà che non li vuole e ch'essi non sanno comprendere: giramondo, che non osano mostrare la fedina criminale: nemici inconciliabili della burocrazia: rifiuti degli uffici di collocamento: perseguitati dalla mala sorte, pei quali la robustezza dei muscoli è una ironia, l'abilità al lavoro un soldo fuori corso, l'ingegno un pericolo, il diploma uno straccio inutile,—costituirono intorno ad Alessandrina Ravizza, nella cittadella di via Manfredo Fanti, una specie di cenciosa guardia del corpo, sempre diversa e sempre l'uguale.

Ella li penetrò fino al midollo, li assaporò nella loro infetta sostanza di dolore, li saturò della sua dolcezza, li rimandò raddrizzati e consolati. Chi collaborò con lei fra quelle mura afferma che ella giornalmente compiva miracolo.

Figure d'indimenticabile pallore, di sinistra aridità, di significato eterno passarono dì là, bevvero alla sorgente, scomparvero: il Professore: il Pretespretato: il vecchio Profeta: la Rondinella sarda.

Il libro di memorie «Sette anni nella Casa di Lavoro» dalla Ravizza lasciato inedito, e pubblicato per cura della Società Umanitaria dopo la sua morte, documenta in quanto è possibile, nella loro crudità, quelle esistenze misteriose, sporcizie vagabonde, deformità morali e fisiche, trascinate fra la strada e l'asilo notturno: rughe più taglienti delle cicatrici, confessioni più taglienti delle rughe.

Ma si possono documentare le sabbie delle spiagge, le acque dei mari?...

Quando fu necessario—per dare immediato soccorso—violare disposizioni burocratiche, dare un graffio a qualche regolamento statutario, Alessandrina Ravizza lo fece, impavida.

Diceva:—Questo non mi riguarda. Chi soffre non deve aspettare. Chi soffre può morire.

E andava avanti.

Le casse di risparmio, le banche non esistevan, per lei, che sotto forma di fulgide cornucopie, pronte a versar piogge d'oro sulla testa dei nullatenenti.

E fu gaia, fra tanti spasimi: la sua risata sana, gagliarda, omerica, agiva come un tonico, squillava come una diana.

Ai potenti della terra, associazioni o individui che fossero, re di corona o di censo, governi di stato o monopolii di denaro, si rivolse da uguale ad uguale. Le sue richieste, le sue raccomandazioni avevano assai volte il tono sicuro ed alto del creditore che reclama il dovuto. Per un lurido straccione dalle scarpe slabbrate ella avrebbe forzate le porte delle reggie. Non ricevette mai un no. Appariva investita d'un diritto divino: portava sul petto la croce di guerra della miseria.

In fondo, a somiglianza della massima parte de' suoi patrocinati, anch'essa era una fuoruscita. Aveva il loro sangue nelle sue vene.

Nessuno meglio di lei comprese ed amò i vagabondi per i sentieri dell'utopia, i ribelli alle solite quattro pareti con le solite quattro sedie intorno alla tavola, i sognatori per i quali la strada è preferibile alla casa, la scorciatoia alla strada, il bosco alla scorciatoia, le stelle dei cieli ai comignoli dei tetti: gli evasi dall'equilibrio comune, i rappresentanti del libero istinto, che non conosce nè accetta catene.

Ma al disopra del normale ella s'innalzò, in un senso elevatissimo di moralità e di poesia: per creare, non per distruggere: per l'ideale d'una nuova filosofia della vita, in un benessere umano senza coercizioni: per bisogno di più largo volo, di più chiara luce, di più serena bellezza.

Uomini e donne d'ogni partito onoreranno colei che a nessun partito appartenne. Vorremo noi chiamarla anarchica?... No: nemmeno. Chi oserà classificarla?... Fu Alessandrina Ravizza.

Non ebbe, prima di lei, il mondo una che le somigliasse: non verrà, dopo di lei, quella che la possa sostituire.

Non conobbe limiti, nè per sè nè per gli altri. Arrivò dove volle, ottenne quel che le parve giusto, combattè e vinse sola per il diritto di tanti, come se avesse un esercito di arcangeli al suo comando.

L'umanità le fu croce da portar sulle spalle: la resse cantando, con serenità splendente, con l'appassionata letizia della vocazione.

E non fece il processo alla vita. Amò la vita. La predilesse, l'incoraggiò, la benedisse in ogni singola manifestazione di carattere, di arte, di volontà, di amore. Amò l'amore, ne fece aria per il proprio respiro. Il processo, e senza quartiere, lo fece alle imposture sociali, ai tortuosi egoismi, alle spinitiche debolezze che la deformano, e imbavagliano e garrottano l'essere umano, avvelenandogli la gioia di esistere. Condannò senza appello la simulazione della vera vita: così grottesca e miserabile, quando pur non sia criminale.

Nulla d'impossibile: era il suo motto.

Qualcuno, parlando di lei con accorato rimpianto, ebbe a dire: Tutto ella diede, nulla chiese per sè.

Io non lo credo.

Quella Donna già vecchia, vestita d'una logora gonnella stinta e d'un meschino scialletto nero, povera—forse—come il più povero de' suoi disoccupati, possedette, fino al giorno della sua scomparsa, inesauribili tesori di ricchezza.

Possedette le anime.

Ed ella non chiedeva altro bene. Ne mangiò, ne gustò, a migliaia, a milioni, novella Santa Caterina da Siena. Trovò in esse il preziosissimo sapore che la metteva in perpetuo stato di ebbrezza spirituale. Ciascuna fu per lei il tesoro da scoprire con simpatia e meraviglia sempre fresca, benedicendo il Signore. Fetor di sangue guasto non la fece dare indietro, salsedine amara di lagrime non la scoraggiò, tenebra di coscienze brute attirò maggiormente il suo coraggio.

Piccola coi piccoli, grande coi grandi, formata d'una sostanza nervosa che più di sè donava più di sè si nutriva, maneggiò con passione e con arte infinita la materia umana, sopra tutto interessandosi al caso particolare, non trascurandone i più minuti elementi. Era la sua delizia, il caso particolare. Ne estraeva, a goccia a goccia, il succo intimo, la nascosta filosofia, voluttuosamente.

Diede, dunque, tutto; ma tutto volle ed ottenne in cambio, miliardaria dell'amore, epicurea delle anime.

Il carteggio di Alessandrina Ravizza?... Una biblioteca intera. Le sue memorie?... Un caleidoscopio di aneddoti più inverosimili del vero, fusi con elementi epici di primo ordine. Diede alla carità le ali della poesia, la spinse talvolta fino alla sublimità dell'assurdo. Per correnti senza tregua rinnovate, per bocche senza tregua aperte, l'umanità si assimilò a lei, ella all'umanità.

Ripercossa in un'innumere quantità di vibrazioni, la sua esistenza, che si rifiuta all'analisi, si rifiuta anche alla morte, rivive in fluido e in luce.

L'ultima volta ch'io la vidi, fu nello studio terreno della Casa di Lavoro, in un pesante pomeriggio d'agosto del 1914. L'aria pareva fuligginosa, ardeva di vampe nascoste, pesava come piombo.

Ella se ne stava immobile, formante un solo blocco con lo scrittoio, al posto che da tanti anni teneva. Vi sono creature sovrane che sanno costruirsi, nella propria carne caduca, il monumento: io vidi in lei, quel giorno, il suo monumento.

Per l'ultima volta mi isolai nella visione di quella fronte: dura infrangibile come fosse fatta di materia silicea, luminosa lontana come fosse fatta di materia astrale. Il mio cuore si curvò, fedelmente, in umiltà, davanti alla Portatrice di fiaccola.

Ma un'espressione non mai veduta di severità dolorosa era ne' suoi occhi.

Me le rannicchiai ai piedi, le misi la testa sulle ginocchia perchè mi accarezzasse, come soleva, i capelli.

Ella soffriva.

S'era in quei giorni scatenata la guerra delle nazioni. Bagliori d'incendî all'orizzonte, echi delle prime carneficine, odor di polvere, incubo. Valanghe di emigrati italiani, cacciati in furia dai paesi in armi, si riversavano sulle terre della patria, in treni merci, in carri bestiame, in un tormento canicolare di fuga. Bambini morivan per via, donne si sgravavano nei vagoni, mandre umane arrivavano sudicie, mute, inebetite, sperse: e i mariti non ritrovavano più le mogli, e le madri smarrivano i figli.

La guerra!... Vi era dunque nel mondo un male che Alessandrina Ravizza non poteva nè impedire, nè guarire?...

L'unica ragione che ella aveva data alla propria esistenza le si sbriciolava fra le mani, diveniva un mucchietto di cenere: fratellanza, uguaglianza, pietà, amore fra gli uomini, sforzi della scienza, serenità del lavoro, audacie dell'industria, sacrifici della bontà, le apparivano, in quel momento, foglie secche rapinate dalla raffica ciclonica.

E non si era che al principio.

E la sua anima profetica sentiva che quel cataclisma avrebbe sconvolto la terra.

Desiderò di morire, me lo disse sottovoce, con accento di calma disperata. Solo restava in piedi—con un titanico sforzo di volontà—restava in piedi colpita e malata, per fare argine alla piena, per ricevere ed aiutare i miserabili che da ogni parte la disoccupazione prodotta dalle prime crisi della guerra conduceva alla porta della Casa di Lavoro.

Ancora visse. A tempo per vedere il Belgio, violato e crocifisso, ergersi sulle vette della storia, nella più sublime delle immolazioni civili: l'Europa a fuoco e fiamme, le rovine al posto delle cattedrali, i cadaveri al posto delle seminagioni. A tempo per ben discernere nella tormenta rossa, e, malgrado il suo orrore per il sangue, invocar la guerra contro i barbari, come la sola via di onore aperta all'Italia.

Ma nulla volle vedere più. In una pallida alba di gennajo, stesa sul letto d'una camera umile come una cella, volse in silenzio la testa contro il muro—e spirò.

Nevicava. Quanta neve!... Fitta candida impalpabile. Ali ali ali. E silenzio.

Per bocca d'una vecchia demente, protagonista del romanzo scritto da Alessandrina Ravizza più per liberarsi l'anima che per vera necessità di compiere un'opera d'arte, ella aveva un giorno gettato un grido che tutta la rivela e la riassume, nel suo tormento e nella sua fatica:

«Acqua, acqua!... Lavandaia, avete contato bene i fazzoletti, le camicie, le tovaglie, le lenzuola?... Facciamo la lista delle bugie convenzionali, dei delitti non puniti dal codice, delle ingiustizie sancite dal costume. Acqua, acqua!...»

Gemito di disperato desiderio!... Desiderio di purezza, di pulizia morale, di liberazione, per l'esistenza che l'uomo non chiese e gli toccò di subire!... Basteranno tutti i fiumi del mondo?...

Sia pace alla gola arsa.

Tutti i fiumi del mondo si gonfiarono e strariparono, sì. Ma in onde purpuree, bollenti e schiumanti.

Non acqua; ma sangue. Il migliore, il più giovine.

E noi non possiamo ancora, nella nostra sofferenza, giudicare se questo sia un bene od un male.

Ma, se è necessario che la lotta fra il bene ed il male continui ad equilibrare le forze dell'umanità, noi vogliamo illuderci che il lavoro compiuto in così vasto giro d'anni da colei che il genio del bene incarnò in santità di atti, non sia stato vano.

Per miracolo d'amore ella è ritta ancora al suo posto fra noi, immateriale, invisibile, ma presente, ma nostra. Con una scintilla caduta dal faro della sua fede, accendiamo nei cuori le lampade. Nel suo nome e nella sua immagine glorifichiamo in noi il sacrifizio volontario, la tenacia combattente, l'ottimismo vincitore, l'umanità che è senza numero, ma che in un sol cuore può essere contenuta.

Ed ognuno che porti impresso il segno della sua grazia, parlerà con lei, per conforto, nel segreto dell'anima, rivolgendole questa preghiera:

«Madre, fa che sempre, nella mia miseria, io possa discernere e soccorrere chi è più misero di me.

«Madre, fa che non mi manchi mai l'energia di vincere il mio male, per atroce che esso sia; e che dalla vittoria sopra me stesso sappia estrarre il farmaco che guarisca il dolore altrui.

«Madre, aiutami a dare, e fa ch'io non senta e non invochi altra gioia; e s'io resti nudo, vestimi del tuo ardore.

«Madre, fa che ad onta di tutto io viva in purità di amore come il bambino che recita il Padre Nostro—e ch'io muoia senza rimorso.»

Con questa preghiera l'invocherà ognuno che porti impresso il segno della sua grazia—ed ella risponderà.

LUIGI MAJNO

(1852-1915)

Orazione detta nell'Asilo Mariuccia

il 28 giugno 1916, in Milano.

Il quattordici dicembre del 1902, qui presente Luigi Majno, io stessa, con parole rese tremanti dal tremante cuore, salutavo il sorgere—per virtù e volontà di una fanciulla che aveva dovuto morire perchè l'Opera nascesse—dell'Asilo Mariuccia. Ne lumeggiavo gli scopi, ne additavo le ragioni ideali, dicendo fra l'altro, come se l'avvenire si rivelasse nitido ai miei occhi, che pure il pianto offuscava:

—L'Asilo Mariuccia non è ora—così Mariuccia volle—che la prima pietra d'un immenso edificio di rigenerazione, e non femminile soltanto.

Appoggiato ad uno stipite, conserte le braccia sul petto a comprimere il cuore, curva la testa granitica, il Padre Majno ascoltava: e il dolore per la Creatura morta e la fede nell'Opera viva si scolpivano sul suo viso.

I giorni si sovrapposero ai giorni, nella casa bianca chiusa nel pudore del suo giardino. Ognun d'essi portò con sè il proprio lavoro martellato di fatica, coronato di spine, ma palpitante di germi, come sempre il lavoro compiuto per necessità ideale.

Bimbe insidiate dalle più basse brutalità della miseria e del vizio, già vecchie prima di aver toccato l'adolescenza, trovarono qui, a poco a poco, sè stesse: fecero la divina scoperta della loro anima, quale l'innocenza della natura l'aveva creata.

Donne vi sono ora, rispettate e serene, che, per aver qualche tempo sostato nella dolce casa, rientrarono in dignità di vita, riamarono la gioia del lavoro, riuscirono a edificare intorno a sè la famiglia nella sua santità.

Maestre di scuola vi sono ora, che quanto di bene ricevettero da materni cuori nell'Asilo Mariuccia profondono in altre creature, avviandole per diritte strade di vita.

Gli anni si sovrapposero agli anni, e la piccola casa non bastò più. L'Opera domandò spazio. Ed ecco, il pronostico fu compiuto, le pietre si mossero, le muraglie si scostarono, il tetto s'innalzò, il rifugio s'ingrandì per la bellezza d'un più vasto amore.

Ma a render saldo un edificio di pietà umana non bastano le pietre: cemento d'anime è necessario. Mariuccia dal pallido viso appassionato, Carlottina dalle trecce d'oro vennero prime, sedettero, velate, alla porta, con le mani in croce.

Il Padre, che noi siamo oggi riuniti a commemorare nel tempio ch'egli aiutò a fondare e nel quale si svolse la parte più intima, gentile e, direi, pudica della sua attività,—il Padre Majno penetrò dopo, silenzioso, felice di riunirsi alle sue due figliuole, animando di sè le cose visibili e le forze invisibili.—E vi è rimasto, Lare benedicente.

Assai più degna parlerebbe di lui, in mia vece, un'autorevole voce virile. Ma tutti gli uomini validi in questo tempo sono a combattere; e gli occhi e gli animi dei rimasti son tutti rivolti in ansia verso le frontiere, ove giornalmente si rinnova il miracolo degli eroi.

Luigi Majno, cittadino del mondo per natura e per fede, tale miracolo non vide, ma lo invocò. Interventista della prima ora come Alessandrina Ravizza, non pensò neppure per un momento che la patria potesse rimanere spettatrice indifferente dell'aggressione germanica. Egli, che sempre era stato irriducibile avversario del militarismo e della guerra. Che aveva vissuto la più candida delle esistenze nella religione dell'Internazionale. Che come Socrate era sereno, e, come Dostojewski, come Tolstoï, non per sè vivo ma per l'umanità.

Ma già il Belgio era stato tradito, invasi i primi dipartimenti della Francia: già la rossa Walkiria impazzita calpestava nella corsa furiosa carne d'innocenti e d'ignari, sotto gli zoccoli in fiamme del suo cavallo. E il Padre Majno era divenuto cieco di sacra collera. Cieco dell'indignazione che a Gesù Cristo aveva fatto brandire la frusta nel tempio. Se egli avesse potuto vivere fino al maggio memorando, l'Italia avrebbe veduto il più mite de' suoi figli, il buono apostolo del disarmo, malgrado la già stanca età, partir volontario per la frontiera con saccapane, gamella e fucile, accanto a Guido Donati suo discepolo diletto, a Bissolati, a Gasparotto, a Mussolini, a Filippo Corridoni: e come Guido Donati e Filippo Corridoni, forse, cadere: non uomo di combattimento, ma uomo di giustizia, cadere: per la riconquista d'un bene ideale senza prezzo, del quale egli soffriva troppo di essere defraudato.

Ma Luigi Majno non ebbe bisogno di andare a combattere per essere ucciso dalla guerra.

Egli morì di dolore per aver dovuto accettare e proclamare, davanti alla feroce verità dei fatti, la necessità ineluttabile di passare, anche in questo secolo, attraverso la guerra per difender la pace.

Qui non v'è che una piccola donna a celebrare il Giusto e la complessa attività sua di giurista, di filosofo, di scienziato, d'uomo politico, d'uomo di fede.

Ma questa piccola donna, che ebbe la ventura di vivere alcuni anni della prima giovinezza nella dolcissima intimità della famiglia e del cuore di Luigi Majno, non vuole, non sa evocarlo che in luce di gioia perfetta.

In luce di gioia perfetta risorga dunque per noi il Majno di venti e più anni or sono: quando, nella pienezza della virilità, giunto alla più intensa espressione del suo pensiero e alla più chiara vetta del suo lavoro, circondato dall'affetto dei familiari, dalla devozione dei discepoli, egli pareva designato a raccogliere intorno a sè le forze migliori del suo partito; e sapeva imporre agli avversarî la più schietta forma del rispetto—quella che confina con l'amore.

Alto, robusto, massiccio, un poco tozzo il collo sulle spalle quadre, portava fiera la testa dalla gran fronte bionda, sovrastante a torre sulle profonde cavità degli occhi. Ma gli occhi azzurri e la fresca bocca erano di un bambino. Di un bambino, talvolta, nella quiete delle ore raccolte, l'accento e la voce.

Dolce casa!... Vasi di fiori, tralci di edere sorridevano alle finestrelle; quadri di giovini artisti, allora all'alba della fama, sorridevano dalle pareti. Vi si saliva per molte scale, le stanze eran basse come solai; ma quanta luce, quanta grazia, quante cose belle là dentro!... Folate di vento carico di pòllini, squilli di risa simili a campanellini d'argento vi portavano i tre fanciulli. Vi si beveva serenità, come a polla di acqua sorgiva. Intorno al placido pater-familias e alla donna dall'anima misteriosa, che già recava negli occhi il presenso delle tragedie future, un flusso e riflusso inesausto d'amici. I più bei nomi dell'arte di quel tempo. I più battaglieri campioni del pensiero, della politica, della scienza positivista. L'amicizia elevata a missione, l'amicizia eroica, quale Riccardo Wagner la fissa per l'eternità nelle note del dialogo fra Kurnevaldo e Tristano, sulla spiaggia dell'isola deserta. Giovinezza, speranza, discussioni eclettiche, ideologie fiammeggianti, dinamismo, sublimazione delle forze di vita.

Era l'alba dell'idea socialista. Gli operai cominciavano a comprendere il significato di due grandi parole: cooperazione: organizzazione.

Non esistevan più classi. Non più confini. Non più razze. Tutte le lingue si rispondevano, fondendosi in una sola favella di ricchezza favolosa. L'utopia era

talmente bella che pareva di toccarla con le mani, di stringerla come realtà.—
Benvenuto, fratello!...—Addio, fratello!...—Chi era nel mondo che ci fosse
estraneo?... Gli spiriti si dilatavano fino a comprendere nella loro cerchia l'umanità,
e tanta era la gioia che giovinezza ci sembrò eterna.

Luigi Majno costituiva la base ed il centro del cenacolo.

Lontano pareva se pur presente, assai volte, mentre i nervosi discorsi sfavillavano
volteggiando intorno alla sua placidità sognatrice. Ma ad un tratto una sua frase
piombava con taglio netto nel folto della conversazione, mettendo a nudo il muscolo
d'un argomento, fissandolo in un paradosso o in una definizione tra il bonario e il
corrosivo.

Egli dirigeva gli spiriti, senza che se ne avvedessero.

Accarezzando le ciocche ricciute di Mariuccia, color della castagna non ancor
matura, o le seriche trecce bionde di Carlottina, volgeva pensieri d'armonia che poi
sbocciavano sulle sue labbra di fanciullo, nella forma geometrica e nel gemmeo
splendore dell'espressione definitiva.

Teneva lunghi colloqui di silenzio con un gatto che lo comprendeva, perfettamente,
russandogli sulle ginocchia. Passava e ripassava, distratto, le dita nella tigrata
pelliccia elettrica. E se all'improvviso usciva a dire una delle sue memorabili frasi,
pareva ne avesse estratta l'ispirazione dalla taciturna sapienza dell'idolo felino dagli
occhi verdi.

Infinite cose di bellezza lapidaria egli disse così, sospeso fra il sogno e la realtà.

Chi le raccolse?... Egli fu un socratico. Le qualità essenziali della sua natura lo
portavano all'insegnamento, inteso nella sua purità religiosa.

Nominato professore di diritto e di procedura penale all'Università di Pavia, dal 1890 al 1894, là occupò veramente, ma, ahimè!... per troppo breve tempo, il posto che gli era dovuto dalla vita.

Giureconsulto di tal dottrina e di tali doti, che Francesco Carrara gli aveva preconizzato un magnifico avvenire, iniziò il suo corso con una prolusione che fu una memoranda battaglia, combattuta a visiera alzata nel nome del movimento positivista sperimentale, diretto a conquistar nuove strade allo studio del diritto: compreso non come arida teoria, ma come viva materia umana. L'innovatore apparve subito, ebbe nemici e satelliti.

Formò poscia, profondendosi in lezioni nelle quali la complessità e la sicurezza della preparazione scientifica, la vastità delle vedute e l'unità morale davano valore di convinzione alla novità del metodo, valentissimi discepoli.

Diresse menti e cuori, illuminò coscienze, temprò caratteri, formò energie di battaglia: fu ascoltato, seguìto, venerato, benedetto.

Creò (come sempre il Maestro di grande stile) con sè stesso gli altri.

Meschine ragioni di parte tolsero a lui la cattedra che l'autorità della sua parola onorava e avrebbe resa gloriosa. Il probo e mite cuore ne sanguinò, in silenzio; ma l'opera del Maestro continuò.

Alla sbarra e nelle assemblee. Nella casa. Nella strada. Fra gli amici, al tavolino d'un caffè. Ovunque, comunque. Difendendo un accusato in corte d'assise, un'idea in un comizio. All'unica missione lo portavano organicamente l'equilibrio mentale, la dirittura logica, e la facoltà di tutto assimilare per tutto rendere, con originalissima arte comunicativa. E dico tutto nel senso enciclopedico: perchè l'opulenta struttura del cervello di Luigi Majno e la sua sconfinata memoria comprendevano (chi lo conobbe sa che non esagero) lo scibile umano.

Per tal ragione, senza dubbio. Luigi Majno appartenne alla specie degli uomini superiori che, avendo esercitato in vita un'immensa influenza spirituale, continuante anche dopo la morte, pochissimo lasciano dietro a sè in quanto ad opera concreta, fissata in caratteri di stampa.

Quel conoscitore, adoratore, insonne inseguitore del libro, del libro per sè stesso in ogni lingua, edizione, materia, data, non affidò il proprio nome che ad un solo lavoro stampato: il Commento al Codice Zanardelliano, composto in parte durante i battaglieri anni del suo insegnamento nell'ateneo pavese.

Lavoro, tuttavia, che basta ad una fama di giurista. Ripeterò di esso il chiaro giudizio d'un avvocato che al Majno fu fratello d'anima, Eliseo Porro:

«Il Commento al Codice Zanardelliano è il risultato e il prodotto di tutta la probità scientifica e morale del Majno: è la somma di tutto un lavoro lungo, paziente, minuto di elaborazione, del quale lo scrittore presenta soltanto la sintesi: e per di più con una precisione di dati e di citazioni, la quale, mentre rende l'opera preziosissimo strumento di più ampie ricerche, la consacra compagna fidata sia del patrono e del giudice, che vi troveranno sempre una guida e un consiglio, sia dello studioso, che vi troverà con sobria ma scultoria esattezza discusse tutte le dottrine.»

Del Commento scrisse pure, fra i molti, il deputato Arnaldo Agnelli: «Esso tiene il giusto mezzo fra il lavoro di erudizione e quello di applicazione pratica».

Non v'ha studio d'avvocato nel quale il Commento non si trovi. Ogni donna dovrebbe leggerlo, per esserne grata all'autore; poichè in esso, ad un codice sapientemente ma esclusivamente composto da un uomo per gli uomini, si contrappone il moderno principio di difesa e di elevazione della donna, considerata come libero, fattivo, responsabile elemento civile e sociale.

Penalista d'indiscussa autorità, le sue arringhe nei tribunali furono modelli di abilità professionale, di chiarezza e rapidità oratoria.

Mai accettò di difendere una causa, se della bontà e necessità di essa non fosse convinto.

34

Nell'esercizio del suo ufficio di patrono, sempre si rivelò, per la profonda sincerità del metodo, discendente diretto del ceppo lombardo di Cesare Beccaria e di Pietro Verri.

Fissava la questione sulla tavola anatomica, la sviscerava, ne faceva sgusciare il nocciolo, lo rompeva coi forti quadrati denti, lo masticava. Voleva il fatto,—crudo: prendeva il toro per le corna, atterrandolo.

Indossata la toga, la mitezza evangelica di Luigi Majno spariva: balzava fuori il lottatore dai pugni di bronzo.

Disprezzava le disquisizioni teoriche e i periodoni altosonanti: di teoria gli bastava quel tanto che illuminasse la pratica. La passione di tutto imparare, in lui infrenabile, faceva sì che, dovendo egli, per esempio, studiare una causa commerciale, il suo cervello s'impadroniva d'ogni più minuta documentazione di quel ramo di commercio. Dovendo difendere un medico in una causa professionale, eccolo ingolfato sino agli occhi in trattati di medicina e chirurgia: non solo per maggior competenza nel processo, ma per fervore di curiosità.

Così divenne in ispirito, volta per volta e sempre su precise basi tecniche, industriale, ingegnere, farmacista, meccanico, armatore di navi, matematico, professore di belle arti.

Fu un sibarita del conoscimento. Studiò ed ebbe familiari, oltre al greco, al latino ed alle lingue moderne, l'arabo, il giapponese, il sanscrito. D'ogni lingua citava e sapeva a memoria i poeti. Maggiori e minori, li possedeva tutti, scavandoli fino all'osso per amarli meglio.

Per il proprio piacere di buongustaio s'ingolfò nei meandri dell'algebra superiore, corrispondendo in materia con il professor Pascal e con altri dotti. La sua casa, il suo studio, il suo solaio eran divenuti un emporio di libri. Ogni sera tornava con le tasche e le mani traboccanti di volumi, e con un mazzolino di fiori per farseli perdonare. L'edizione rara, l'esemplare unico: ebbrezze.

Tale orgiastica avidità di sapere si sarebbe potuta interpretar come uno splendido egoismo. Nulla di più falso. La dottrina bevuta a tutte le sorgenti si sprigionava poi, purificata, dal cervello «Majno» per il cervello di tutti. Chi, avendolo conosciuto e frequentato, può negare di avere imparato qualcosa da lui?... Anche ogni cosa morta diventava viva e feconda sulle labbra di quel socratico.

L'arguzia del Majno mordeva e segava; e pure quell'uomo non odiò mai nessuno. Sotto l'acido corrosivo di certi suoi giudizi la carne grillettava, come per ferro rovente; e pure chi potrà dire la delicatezza della sua bontà?... chi la purezza del suo cuore?... Chi il suo affetto per i bambini, la sua passione quasi morbosa per gli uccelli e per i fiori, ai quali egli parlava come ad amici, nella certezza che lo comprendessero?...

Quando mai egli rispose di no alla preghiera di un umile, di un disgraziato?... Filippo Turati lo chiamò, a ragione, «vittima delle vittime».

Vittima, se mai, per esserne il terribile difensore.

Ognuno di noi che abbia buona memoria ricorda il triste processo contro il cappellano confessore di un istituto per le bimbe abbandonate. Gli avvocati della parte civile, costituiti con il Majno in difesa delle piccole infelici, dopo le arringhe, per concorde volere, incaricarono il Majno stesso di parlare in replica.

Egli parlò: per oltre un'ora, con veemenza gladiatoria, con logica implacabile, con tale grandezza, che il colpevole ne fu schiacciato, l'uditorio ne rimase pallido e vinto. Non era un avvocato che arringava alla sbarra; ma un giustiziere che calava la mannaia. Fu una delle più memorabili vittorie forensi del Majno. Per ottenerla egli non aveva fatto che ascoltar lo spirito della giustizia: v'era da stigmatizzare una viltà, la più bassa delle viltà, compiuta su creature deboli e indifese: bastava.

L'oratore politico fu pari all'oratore giuridico: foggiato a spada e a maglio, preciso, sintetico: un semplificatore.

L'immensità della sua erudizione gli avrebbe concesso larghissimo campo di citazioni in ogni lingua e d'ogni genere. Ma egli le disdegnava. E apparve assai volte quasi schematico nel complesso de' suoi discorsi. La struttura geometrica del suo pensiero diveniva apparente rozzezza oratoria. Ma si può ben dire che il suo eloquio era ignudo perchè, ricco com'era di nervi, di muscoli, e di magra ma salda carne, nella sua bella forza poteva fare a meno di veste.

Caratteristico, in lui, il gesto delle mani che ne accompagnava in pubblico la parola. Così alto, vigoroso, spalluto, pareva raccogliesse gli argomenti necessarî all'arringa sulle punte delle dita chiuse a nodo: quasi che ogni dito significasse per lui un puntello polemico.

E agitava secondo le fasi del discorso i due stretti nodi dinanzi agli ascoltatori, senza scioglierli. Ma, giunto all'argomento principe, che li riassumeva tutti con irresistibile efficacia, lo cacciava fuori del fascio finalmente allargato delle dita, liberandolo e liberando sè stesso. Gesto e parola: fusione perfetta, inimitabile plastica oratoria.

Luigi Majno fu l'uomo solidale per eccellenza. Il periodo intensivo della sua vita non poteva quindi consistere che in una solenne affermazione di solidarietà; e fu dopo gli arresti in massa e durante i processi politici del Novantotto in Milano.

L'avvocato esperto in ogni sottigliezza dell'arte, il combattente politico, il fratello senza macchia e senza paura culminarono allora in dedizione sublime. L'atmosfera di purità morale che egli aveva creata intorno a sè, ponendolo al disopra d'ogni partito, lo aveva reso inviolabile, aveva fatto sì che fosse lasciato libero.

Non si toccava il Majno.

In tal modo egli potè organizzar le difese di centinaia e centinaia d'accusati politici, giacenti nelle prigioni. Uccise, in quel tempo, stanchezza e sonno. Si moltiplicò. Dopo intere giornate di strenua fatica, vegliò intere notti per stendere atti, ricorsi, memoriali, o per copiar documenti di gravissima importanza. Non potendo in persona (trattandosi di processi militari) comparire alla sbarra, unì la cautela del patrono dietro le quinte a ricchezze incalcolabili d'abilità, di finezza, di penetrazione giuridica, di volontà devota. Illuminò e diresse gli ufficiali incaricati delle difese, proiettò in loro tutta l'energia del suo fluido.

Maestro!... Sempre.

Maestro in Dio, poichè Dio significa giustizia.

Dall'asperrima battaglia uscì vincitore, ingrandito di mille cubiti nella sua prodigata umanità: l'eroe vero del Novantotto fu lui.

Cessato lo stato d'assedio, restituita la calma al paese e la libertà agli imprigionati, Luigi Majno, primo cittadino di Milano, rifulse in luce piena, con l'azione liberatrice definitiva: non solo portata sugli uomini, ma altresì sulle istituzioni. Fu allora che la Società Umanitaria, stata sciolta per decreto dal Bava Beccaris, venne dal Majno sostanzialmente ricostituita e rinsaldata sulle reali basi, che ad essa aveva assegnate il fondatore magnifico.

Si giurava nel nome del Majno, simbolo d'integrità: la fede del popolo saliva a lui per innumerevoli vie. Fu in quel tempo il regno di Majno il Buono.

Primo in lista nelle elezioni amministrative comunali, quando il blocco dei partiti popolari conquistò il comune di Milano: eletto assessore della pubblica istruzione: quasi sindaco (e se realmente non lo divenne, fu per suo proprio reciso rifiuto), risanò l'ambiente scolastico, vi portò una fresca e vivida aereazione: così pura era in lui la poesia della scuola.

Tenne nobilmente una sola legislatura, come rappresentante in parlamento del secondo Collegio della sua città, conquistato per lui alla democrazia socialista: poi volontario se ne ritrasse. Alla sua monolitica individualità non potevano non ripugnare le vie traverse, le meschine ambizioni, i compromessi di Montecitorio.

Egli, del resto, amava troppo la sua Milano—dove fin da bambino aveva vissuto, e che gli somigliava. Nativo di Gallarate, lombardo puro sangue, troppo amava la vera Milano del pittoresco Naviglio, del grasso e rude dialetto portiano, della celia bonaria, della bontà senza fondo, dell'attività febbrile; e non sapeva e non poteva staccarsene, e fuor dell'ombra del campanile di Sant'Ambrogio era un pesce fuor d'acqua.

Nessuno, ch'io sappia, penetrò, gustò e seppe far gustare la poesia di Carlo Porta meglio di lui. Nessuno fu di lui guida migliore attraverso il dedalo e la storia delle antiche vie di Milano autentica, così ricche di gioielli architettonici e di opulenti giardini.

Fu, nelle piane e larghe linee della sua fisionomia morale, il veridico figlio della metropoli lombarda. La muscolosa nella lotta. La sanguigna nel godimento. La serena nel giudicare. L'inesauribile nel soccorrere.

L'uomo che, avendo potuto guadagnare e metter da parte centinaia di migliaia di lire, morì quasi povero per aver molto dato a chi ne aveva bisogno, fu schietto sangue e schietta carne della città prodiga nel donare per aiuto, con le mani finissime de' suoi patrizi, volitive tenaci intelligenti de' suoi industriali, nervee pensanti sensibili de' suoi professionisti, grosse carnose cordiali de' suoi esercenti, franche nocchiute massicce de' suoi operai.

Uno dei giorni in cui, nella sua qualità di primo cittadino milanese che tutti gli riconoscevano e che gli risplendeva sul petto come una croce d'onore, aveva accolto l'incarico di ricevere solennemente le rappresentanze dell'industria e del commercio francese, fu veduto in piedi nella carrozza che portava con lui gli amici di Francia. In piedi; e in gloria.

Proteso il gran corpo in avanti, radioso il volto, d'un bimbo gli occhi e il sorriso sotto le falde diritte del cappellaccio nero, mostrava con la destra trionfante il Duomo: il suo Duomo.

Fusi in lui, nel momento felice, l'ambrosiano di razza e l'apostolo dell'Internazionale.

Dinanzi alla sua bionda figura non vi fu forse chi non pensò ad Alberto di Giussano:

Batte il sol nella chiara onesta faccia,

nelle chiome e negli occhi risfavilla,

è la sua voce come tuon di maggio.

Sempre tuonò, quella maschia voce che martellava parole di verità, inchiodandole nel cuore di coloro che l'ascoltavano: dove fu una donna o un bambino da proteggere, una qualsiasi vittima da difendere, un'ignominia da smascherare, una viltà da schiaffeggiare, un vizio o un abuso sociale da bollare con ferro e con fuoco.

Eppure sapeva farsi così dolce, e,—forse ignorandosi—così sommessa ed implorante: la voce d'un piccolo: quando si raccomandava non fosse più toccata una certa finestra della casa, dove due tortore avevan fatto il nido, appoggiandolo ad un'imposta: quando, assopito in una poltrona, il padre susurrava come in sogno il nome dei figli: Mariuccia....—Carlottina....—Dinetto!...

Ma le figliuole partirono.

Prima fu quella che nel fiammeggiar dello spirito, nella profonda potenza dello sguardo più somigliava alla madre.

Seconda fu quella che al padre più somigliava nella florida grazia bionda, e pareva muoversi in un raggio di sole: e Carlottina era il suo nome, ma gli amici della casa la chiamavano Azzurra.

E con loro anche il cuore di Luigi Majno trasmigrò.

Ai funebri di Azzurra fu veduto egli camminare immediatamente dietro il feretro, con la compagna e il figlio superstite ai lati. S'aggrappava, con le tese mani, al carro: sicuro il passo ma la testa curva, curvo fra le spalle il collo sanguigno: simile ad un toro colpito alla cervice da un colpo di mazza, che non basti a farlo piombare a terra.

Da quel dolore non rinvenne più.

Ebbe ore di prostrazione così profonda da sembrare annientamento. Si isolava talvolta fra la gente, come un sonnambulo. Nella quiete della casa, a intervalli parlava da solo, sognando ad occhi aperti. E diceva, conversando con l'invisibile, parole grandi: parole misteriose, fili stellari congiungenti l'umano al divino.

Le udì, con tacita riverenza, la compagna fedele; e le custodisce nel cuore.

Ma la costanza e l'efficacia dell'opera sociale di Luigi Majno non rimasero arenate nella crisi. Continuò l'opera a scorrere, fiume benefico, diramantesi per cento canali a fecondar campi ed orti.

Presidente della Società Umanitaria. Consigliere della Congregazione di Carità. Presidente della Scuola del Libro e dell'Associazione degli Insegnanti. Presidente del Consiglio dell'Ordine degli Avvocati: della Biblioteca Popolare: dell'Istituto di Santa Corona. Rettore dell'Università Bocconi. Che cosa non fu Luigi Majno?... Quale istituzione di carità o di dottrina ebbe Milano, di cui egli non fosse capo venerato?...

L'esercito degli umili si accalcò sempre più intorno a lui, bevendogli l'aria per il respiro, mangiandogli il cuore. Agli umili sacrificò tempo, lavoro, facondia, fortuna, guadagno. Per un accattone che gli piacesse era capace di vegliar le notti e di mettere a soqquadro il tribunale. Nei rioni popolari i teppisti se l'additavano con rispetto: «Quel lì l'è el Majno». I monelli gli si attaccavano al lembo del pastrano, i vecchi merciaioli ambulanti gli raccontavan le loro disgrazie. Ma tale egli era anche davanti ai prìncipi: il più grande uomo come il più piccolo s'inchinava alla sua presenza.

Intensificò la propria attività nell'Asilo Mariuccia, e, di conseguenza, contro la tratta delle Schiave Bianche: mettendo al servizio della causa l'autorità del suo nome e della sua perizia—e la purezza della sua fede nella salvazione della donna considerata quale bestia irresponsabile, che si marchia a fuoco, si vende e si compra.

A tal perfezione morale era assunta la figura di Luigi Majno negli ultimi anni di sua vita, che egli era ormai divenuto l'arbitro supremo in ogni disputa, il consigliere il cui responso veniva accettato senza ribatter sillaba, il giudice dagli stessi avversarî invocato e obbedito.

La compattezza della sua compagine psichica entrava nel dominio dell'Assoluto: l'armonia da lui emanante equilibrava le forze contrarie. Majno il Buono era di tutti, in tutti, per tutti.

Ma si chiudeva il luglio del 1914 con la sorpresa terribile della guerra. Poche settimane appresso, il più vergognoso crimine che insudici la storia d'un paese era commesso dalla Germania. Luigi Majno s'era sentito tradire e martirizzar con il Belgio—e qui comincia il poema della sua passione.

La casta coscienza non resse al colpo. Si sgretolò, si staccò dal passato, blocco granitico da una parete di montagna. E rotolò, rotolò inesorabile, con tutto il suo peso, a schiacciare i responsabili.

La fede nel vincolo fra le nazioni, la base e l'armonia d'una costruzione giuridica fondata sulla più pura concezione del diritto, e quel senso universale di solidarietà che rendeva il Majno degno della cittadinanza onoraria d'ogni paese del mondo, tutto in lui fu calpestato e messo alla tortura.

Ed egli odiò come aveva amato: e quell'odio era, tuttavia, amore.

L'Uomo che non aveva nel corso de' suoi anni fatto piangere alcuno, non seppe mai perdonare all'Austria e alla Germania di non avere egli potuto additare a sè ed agli altri, per difendere l'incolumità delle patrie, altra arma se non la stessa del nemico: la guerra.

E il rodimento di trovarsi costretto ad accogliere un'idea sorpassata, ad ammettere il diritto della forza brutale, a predicare spargimento di sangue, gli contorse l'animo, gli avvelenò le sorgenti dello spirito, lo avvilì di fronte a sè stesso, lo condannò a morte.

Sotto la percossa della stessa intima tragedia moriva, a pochi giorni di distanza da lui, un'altra sintetica figura di umanità: Alessandrina Ravizza.

Sappiamo noi quanti siano gli oscuri che per l'ugual ragione chiusero gli occhi per sempre?... Non vollero, non poterono vedere il sangue, misurar l'orrore. Crollarono con la loro fede, furono raccolti dall'ombra.

Ultimo atto della vita pubblica di Luigi Majno fu la presentazione di Jules Destrée, deputato di Charleroi, all'assemblea degli avvocati e procuratori, nell'aula magna del liceo Beccaria. Era la sera del ventisei novembre, nel 1914. Venuto fra giuristi italiani a chieder responso sul conculcato diritto di neutralità della sua patria, il profugo illustre, presidente della Federazione degli avvocati belgi, non poteva trovare auspice migliore dell'Uomo Giusto per eccellenza.

Nel suo discorso Luigi Majno fu grande. Discorso che neutrale doveva essere, in paese ancor neutrale; ma l'indignata coscienza vi rosseggiava in ferite sgorganti sangue e spasimo. Vampe salivano, ruggendo, dalle sobrie e contenute parole: sobrietà tagliente, costrizione tormentosa che serrava l'assemblea in una cerchia di ferro.

In quell'ora, nel cuore di quegli uomini, si fissò, più che il presentimento, la certezza che l'Italia sarebbe entrata in guerra accanto al Belgio; e fu per quella voce.

Ma Luigi Majno era già minato dall'interno male: già verso di lui veniva la morte, con la dolcezza del suo silenzio.

La sera del nove gennajo 1915 mormorò, coricandosi, alla compagna fedele:

—Mi par d'essere un bimbo nella culla.

Aveva lavorato l'intero giorno. Sorrideva. L'angoscia si era per miracolo calmata nel suo cuore. Si addormentò. Altro non disse.

Quando la prima alba venne a render pallide e come estatiche le vetrate delle finestre, il volto di lui s'era composto in tale serenità d'innocenza, che veramente egli pareva un bambino nel sonno.

Sta nel Palazzo Marino il busto in marmo del Padre Majno, scolpito da Eugenio Pellini.

È il Padre Majno dell'ultima fase, della fase di passione.

Curva la testa così che il mento viene a toccare il petto: la poderosa fronte a torre sembra crollare. Sulle palpebre quasi chiuse, sulla stanchissima bocca suggellata, un silenzio di dolore senza conforto.

Il dolore di Cristo.

Un'invisibile corona di spine martirizza la fronte veneranda: ogni linea è di sofferenza, ma anche di rampogna implacabilmente severa.

Il confessore della fraternità nella libertà, il casto che non si è mai macchiato assiste alla negazione di tutte le proprie verità ideali.

Sa da chi fu provocata la tragedia che scardina il mondo; e giudica e condanna senza indulgenza, senza perdono; ma sa pure che altro ormai non possono fare i popoli se non combattere sino alla fine, per vita o per morte.

È questa certezza del sangue versato e da versare, che fa della sua testa un michelangiolesco blocco di dolore.

Chi non ebbe la dolcezza di conoscere il Padre Majno d'avanti-guerra, lo vedrà sempre così.

Egli non poteva, tuttavia, scomparire senza lasciare ai familiari un monito di serenità e di pazienza; e così avvenne, per un fatto che sembra misterioso ed entra invece nel campo delle realtà spirituali.

Il giorno susseguente alle meravigliose esequie, durante le quali si ebbe lo spettacolo di tutta Milano in cammino dietro un morto, e tutte nere di folla apparvero le vie segnanti il transito del carro, e le altre deserte, e ciascun cittadino sembrò portar sulle spalle la salma del Maestro di bontà,—la vedova, rimasta nel terrore di essere ormai inetta a vivere, ricevette dalla posta un volume.—Era la traduzione delle pagine migliori di Tommaso Carlyle. Ella non ne lesse che il titolo:

Lavora, non disperarti.

Il buon Compagno, nella sua passione pei libri che lo accompagnò sino all'ultimo respiro, lo aveva egli stesso ordinato per lei ad un editore di Napoli; e volle il destino che le tre parole liberatrici non le giungessero che come voce d'oltre tomba.

Lavora, non disperarti.

Se pure, in questo tempo di stragi e di maledizioni, tu senta i tuoi piedi affondare nel sangue, e non raccolga negli occhi e nel cuore che immagini di violenza.

Se pure tu abbia perduto per via coloro che ti amavano e che tu amavi, e rimanga solo dinanzi a te stesso, come dinanzi ad una domanda senza risposta.

Per il bimbo che nacque ieri, e per quello che ancora è nascosto nel grembo della madre: poichè ogni vuoto si riempie, per quanto immani siano i massacri.

Per la spica e per il frutto che debbono maturare; fossero pure la sola ed il solo rimasti intatti nei campi e negli orti devastati.

Per il fratello che non conosci e che ugualmente vive in te, come tu vivi in lui.

Per il dolore, per l'errore che ti hanno imprigionato, e per l'amore attivo che ti renderà libero.

Per il fiore effimero e per le stelle eterne.

Finirà la guerra.

Finiranno le nazioni d'esser ridotte a caserma, ospedale e campo di battaglia. Le patrie diverranno inviolabili entità ideali. Cannoni, mitragliatrici, bombe, siluri, fucili, tutti i raffinati strumenti di distruzione, insultanti la santità dell'aria, della terra e del mare, andranno fusi in materia di metallo per gli strumenti e le macchine del lavoro, per rotaie, ponti e moneta.

Grano e gloria sui morti, sete e fame smisurata di amore nei vivi: gioia e sapienza del vivere, in ragione del sacrifizio consumato dai padri.

Allora soltanto, fra l'umanità ricomposta, il buono spirito di Luigi Majno ritornerà.

E tutto sarà secondo il sogno di colui che fu innocente.

Non possiamo ora che attendere, se non per noi, per coloro che verranno dopo di noi, la ricomparsa dell'elemento irradiatore di bene, che s'incarnò nell'apparizione mortale di Luigi Majno.

Non possiamo ora che raccoglierci, difenderci, compiere il dovere, serbare la fede, pregando quando il cuore è stanco:

—Padre, venga il tuo regno.

Roberto Sarfatti

e i divini fanciulli.

ROBERTO SARFATTI: VOLONTARIO

47

alpino nato a Venezia il 10 maggio

1900, morto il 28 gennajo 1917

riconquistando il Col d'Echele.

Appunto perchè la sua vita fu breve, conchiusa in un anello con la morte per gemma vermiglia, io qui la racconto.

Se fosse vissuto avrebbe spogliato tutti i rosai, bevuto a tutte le sorgenti, affrontato tutti i rischi, esplorato nuovi climi e nuovi cieli. Sarebbe riuscito l'uomo delle mille intraprese e delle mille avventure. Vi era nel suo giardino interno tanta ricchezza e inquietudine di germi, da prevederne una fioritura lussureggiante.

Per quella ricchezza di possibilità e di promesse, che nell'ora giusta segnata per gli olocausti egli con sicuro animo gettò nella voragine della guerra,—per quella ricchezza e per la magnificenza della sua morte, egli è degno che di lui si parli.

Possono le opere di una lunga e grande vita non valere l'esempio dato nel tempo e nel modo necessario da una grande precoce morte.

Stanno raccolte intorno al fanciullo Roberto ombre di altri giovinetti soldati d'Italia, anch'essi offertisi volontariamente al sacrifizio.

Non avevano chiesto di vivere, d'avere i loro felici diciassette anni in un'epoca nella quale all'uomo latino non fu posto che un solo dilemma: combattere fino allo stremo delle forze per vincere o per morire, o essere uno schiavo supino e vigliacco.

Scelsero di combattere. Consacrarono con l'azione l'unico valore ideale dell'esistenza. E caddero, come Roberto.

Siano qui ricordati e glorificati nel suo nome.

C'era una volta un bambino biondo.

Era nato a Venezia, da genitori veneziani, il dieci di maggio del 1900.

Si può incominciare questa evocazione con il «c'era una volta» delle leggende, perchè la data di nascita di quel bambino è di là dalla guerra, se ben di poco; e, ormai, tutto ciò che è anteriore alla guerra sprofonda nel lontanissimo mistero delle fiabe.

Il piccolo aveva nome Roberto Sarfatti. Ma babbo e mamma, parenti ed amici lo chiamavano Roby.

A Venezia non era rimasto che due soli anni, i primi della sua vita; poi la sua famiglia si era trasferita a Milano.

Quando, lungo le vie fiancheggiate dagli altissimi cubi moderni e lacerate dalle gialle traiettorie dei tranvai, tra il nero formicolìo della folla, sullo sfondo fuligginoso delle fabbriche milanesi, quella giovine madre passava con il suo casco d'oro, con la sua bellezza opulenta tutta in plasticità ed in colore, tenendo per mano il bambino che le rassomigliava, nessuno c'era che non si volgesse a guardare.

Una donna del Veronese, un putto del Tintoretto a passeggio per Milano.

Felicità di vivere, che splendeva di luce propria, come il sole.

Roby aveva trasparenti occhi grigioverdini frangiati di nero, una zazzera di morbida seta color di rame, nella quale affondar le dita era voluttà, gonfie labbra sinuose sempre offerte ai baci o schiuse a chieder perchè.

Roby era il bambino dei perchè.

Roby era anche il bambino delle innamorate.

Tutte le ragazzine amavano il muscoloso torello fulvo, per la sua bellezza e per la sua prepotenza: di tutte egli si considerava seriamente il fidanzato. Ma d'una in ispecie—tomboletta della sua stessa età, ma più piccola di lui, e prepotente come lui malgrado le sue precoci arie di donnina,—era preso.

Con lei, giochi furibondi, liti furibonde. Di lei agli altri diceva, con quella sua molle parlata rotonda:

—Ma quella Rosaspina è proprio una Ma-gni-fi-cen-za!...

Istintivo: violento. Ai bagni di Lido, incontrato un giorno un bimbetto grassoccio e tranquillone, che teneva in mano un nuovissimo rastrelletto per la rena, repentinamente gli saltò addosso, glielo strappò, e ai suoi lamentevoli pianti rispose con tono che non ammetteva repliche:

—Adesso è mio e nemmeno te lo impresto!...

Logico. Gli avevano insegnato che i ragazzetti i quali stanno troppo vicini agli orli delle vasche e alle rive dei canali cadono in acqua e affogano. Ad un suo cuginetto che era stato ripescato, per fortuna incolume, dalla vasca d'un giardino, chiese a bruciapelo, squadrandolo da capo a piedi:

—Parchè non ti sei annagato?...

Conseguente. Aveva udito, non si sa dove (che cosa non odono, che cosa non sanno i bambini?...), di sanguinosi scontri ferroviari e di incendi di vagoni. Al padre e alla madre, reduci, un poco spaventati ma illesi, d'un incidente di tranvai, domandò con severità:

—Parchè non sete morti?...

A otto anni s'ammalò d'una grave infezione di scarlattina. Era la prima primavera tutta venti, nuvole e rovesci d'acqua. Costretto—lui, che era la personificazione del moto—alla più paziente prigionia in una camera gelosamente chiusa ad altri che non fosse la mamma,—durante la lunga convalescenza ascoltava dalla cara voce la storia dei Reali di Francia.

Il suo piccolo essere si tendeva in ansia verso le mirabili gesta.

L'istinto guerriero, intimo e schietto fermento vitale del bambino, ribolliva a quelle leggendarie evocazioni, ancora inconsapevole di sè, ma già robusto ed inquieto.

Leali combattimenti in campo chiuso e in campo aperto, lizze d'amore e d'onore, nobiltà di paladini erranti senza macchia e senza paura, scintillar di grevi ma oneste spade, pellegrinaggi verso le Terre Sante: nutrimento di midolla leonine per il piccolo avventuroso!...

Sgocciolavano lungo i, vetri delle finestre i freddi rivoletti della pioggia marzolina: dietro quei cristalli e quelle grige cortine d'acqua il fanciullo sapeva l'implacabile monotonia delle strade rettilinee, lungo le quali ogni casa è numerata, ogni tram segue la propria rotaia, ogni uomo calca le meschine e sempre uguali tracce del proprio dovere quotidiano.

E una volta egli fissò i ben cigliati occhi grigioverdini in quelli della giovine madre, che, dopo la lunga lettura, deponeva il libro in grembo; e disse, assorto, come parlando a sè stesso:

—Allora sì che valeva la pena di venire al mondo!... Allora non si andava a scuola e si andava a combattere. Ma adesso!... Cos'è la vita adesso?... Nient'altro che una passeggiata noiosa per strade troppo comode.

Una pausa di silenzio seguì. La madre non dimenticò più mai quel silenzio. Le parole inconsciamente profetiche vi rimasero infitte, come se un bulino invisibile le avesse incise sulla parete.

Nulla di ciò che è regola fissa, consuetudine disciplinare, poteva imprigionar lo strano fanciullo. Per conseguenza egli non amò le scuole, e le scuole non lo amarono. La sua vivacità senza freno avrebbe saltato a piè pari tutti i banchi di legno di tutte le aule scolastiche del regno d'Italia,—più o meno sudici d'inchiostro, infiorati di pupazzetti e tagliuzzati da punte di temperini.

Egli apparteneva all'inquietante specie degli allievi che in apparenza non studiano e se ne infischian del maestro e non portano sempre il còmpito e mettono, se gliene salta il ghiribizzo, a soqquadro la scolaresca, facendo scoppiare un petardo dietro la cattedra, con la stessa disinvoltura con la quale un altro tira giù cifre e cifre sulla lavagna.

Ma in sostanza imparano prima e meglio degli altri, per un rapidissimo processo intellettuale di assimilazione; e, per un altro processo ugualmente istintivo, eliminano dalla nozione appresa il ciarpame didattico, per non serbarne, vivo e durevole, che il nocciolo essenziale.

I maestri che lo capirono gli vollero bene, nonostante la sua disattenzione, le sue disobbedienze, le sue bizzarrie. Molti non lo compresero. Usciva troppo nettamente dalla linea convenzionale. Non poteva trovarsi accanto al gregge.

Una forza era in lui, che sconfinava a tratti, sconquassando con colpi e colpi disordinati le cose e le anime intorno. Ribelle a qualunque forma di costrizione, anche nella casa era il terremoto. Una gentile amica della famiglia, che molto lo amava, lo aveva soprannominato «la raffica».

Di cuore tenerissimo, di pura e limpida dolcezza interiore, nella sua irrequietudine fisica non aveva e non concedeva sosta; ma sviluppava intorno a sè una magnetica atmosfera di movimento, che dava il capogiro e un senso di vertiginosa stanchezza anche a chi più gli voleva bene.

Il leoncello selvaggio metteva gli unghioni, temprava gli elastici muscoli, allargava le narici per respirare libera aria di deserto. Fasci di forze alle quali era impossibile dar sfogo attendevano, chiusi nel bellissimo corpo: toccarlo era ricevere una scossa elettrica.

Pareva non studiasse mai nulla: parlava pochissimo: sapeva tutto.

Il raffinato cenacolo intellettuale costituito dalla propria casa, la quotidiana compagnia di artisti, di letterati, d'uomini di pensiero, avevan certo contribuito alla sua singolar coltura. Coltura fresca, sdutta, sciolta dal gravame scolastico, ricca di sapor personale. Dei grandi classici e dei grandi moderni, nessuno gli era ignoto. E fra antichi e moderni, quando gli accadeva di frammettersi alla conversazione con quella sua voce di duplice timbro, un poco ironica, stabiliva confronti di un'acutezza che sorprendeva.

Non eran che scorci, illuminati da brevi lampi; ma rivelavano un mondo interiore di solida opulenza. Esistevano in lui, senza dubbio, i più aristocratici elementi di un critico e di uno scrittore di razza. Forse non ne avrebbe fatto nulla; ma l'avvenire ormai chiuso serba per sè il suo segreto.

Nel 1915, l'indomabile ribelle—che già aveva esulato da varie scuole—studiava al ginnasio d'Imola. Come sapeva, e come poteva: a sbalzi, capricciosamente, non scoprendo mai il proprio gioco, mettendo assai volte i professori fuor di strada sul proprio conto. Ma sovra tutto pensava alla guerra.

Già dall'anno prima, già da quando il duello fra Austro-Germania e il resto del mondo si era delineato nelle sue gigantesche proporzioni, il fanciullo non viveva che per viverlo. Aveva per conto suo afferrata e messa a nudo la spina dorsale del conflitto, liberandola (come già le nozioni apprese nelle scuole) da ogni aderenza bastarda. Virilmente aveva guardata in faccia la questione: sentita la necessità per ciascun popolo di prender ben chiaro e preciso il posto nella lotta: per l'Italia, la necessità d'onore dell'intervento contro i germani. E dell'intervento fiutava l'approssimarsi con voluttuose nari di felino pronto a balzare: ne difendeva contro i dissidenti le ragioni essenziali, con argomenti di stringente logica, e anche con pugni e schiaffi, ove occorresse.

Ogni giorno segnava discussioni, baruffe e pugilati.

Nel maggio, prima ancora della dichiarazione di guerra dell'Italia all'Austria, subito dopo l'ordine di mobilitazione, Roberto mandava al padre e alla madre una lettera, nella quale implorava d'esser lasciato andare volontario. Compiva allora i quindici anni.

Entrerà forse un giorno, questa lettera, a far parte delle pagine di un'antologia della guerra. Chiamandola un capolavoro epistolare mi parrebbe di disonorarla. È sangue che zampilla da generosa vena, è nervo, è muscolo che si tende in membro di corpo perfetto. È prescienza e volontà.

Così conclude:

«Credilo, papà, io non andrò in guerra per uno stupido desiderio di distruzione o di avventure: vi andrò perchè così vogliono la mia coscienza, la mia anima, le mie convinzioni. Penso che non si fa impunemente l'interventista per nove mesi, per poi rimanere a casa giunto il momento buono.

«Perciò, papà mio caro, dammi il tuo permesso e me lo dia la mamma: perchè sento che, con mio grande dolore, ne farei senza, e andrei a farmi uccidere senza che mio padre e mia madre mi abbiano dato il loro consenso e la loro benedizione.

«Io non so se morrò; ma anche se questo accadesse, che sarebbe ciò?... La morte trovata combattendo per il proprio ideale non è morte, ma trapasso: il sangue versato per un'idea fruttifica e produce. E poi, che cosa è la morte di tanto terribile, che si debba temerla e odiarla come una nemica?...

«Ricordati, ricordati di Socrate; e rileggi ciò ch'egli diceva prima di morire».

Il padre e la madre militavano allora, da molti anni, nel partito socialista; e attraversavano la tormentosa crisi morale che fu tragedia nell'animo dei migliori. Ma avevan visto il volto del dovere unico. Non poterono che dividere la convinzione e approvare, in massima, la risoluzione del giovinetto. Il volontariato non era in quel tempo permesso dalla legge che dopo i diciotto anni: inutile e folle intrapresa sarebbe stato il tentare: avesse pazienza, attendesse con calma.

Che fa allora l'avventuroso, capace ad otto anni di definire la vita moderna «una passeggiata noiosa per strade troppo comode»?...

Nel luglio, durante le vacanze, fugge di casa, s'arruola volontario con le false carte d'un certo Alfonso Allasia, false carte a lui procurate dalla fraterna complicità di Filippo Corridoni: entra sotto mentito nome nel 52.º reggimento di fanteria a Bologna: per un intero mese nessuno si avvede dell'inganno, tanto il novello fante è robusto, alto, tarchiato, ligio alla disciplina, resistente alle fatiche di marcia. Ma un bel giorno un giornalista di Milano lo riconosce, rivela imprudentemente il suo nome e la sua età al capitano; il quale, paterno ma inflessibile, rimanda in tutta fretta il troppo acerbo soldato alla famiglia.

Giornate nere. Avvilimento, rabbia compressa, digrignare di aguzzi denti. Il leoncello graffia e morde le sbarre del suo gabbione. Sogna, invelenito, chi sa quali altre fughe, quali altri più fortunati travestimenti. Pur di combattere!... Ad un piccolo ritratto, nel quale egli appare con la divisa di fante per così breve tempo portata, appone queste parole di dedica al padre, e non sa quale tremenda profezia vi racchiuda:

«Ricordo di una impresa che la seconda volta non fallirà».

Il buon padre, che lo ama sovra ogni cosa, fors'anche sovra gli altri figliuoli, lo blandisce, lo calma con la solenne promessa di consentire al suo volontariato di guerra, non appena egli avrà raggiunta l'età legale. Venuto l'autunno, lo manda all'Istituto Nautico di Venezia, per aprire alla sua esuberante natura, avida dell'ignoto e pronta a tutti gli sbaragli, la carriera commerciale di marina.

Ben superati gli esami del primo anno di corso,—il buon padre, che legge, con gli occhi inquieti dell'amore, nell'animo del sedicenne il tenace proposito di ritentare con maggior successo la marziale avventura, ha un'idea di genio: risolve d'imbarcarlo su una nave diretta a Buenos Aires e Rio Janeiro, per un viaggio di circa quattro mesi, in qualità di «allievo capitano di mare».

Gioia piena. Tensione di tutte le forze del sogno verso acque terre bellezze pericoli lontani.

Una sera il giovinetto, atteso a Milano dai genitori per essere accompagnato allo scalo di Genova, giunge da Venezia senza aver prima avvertito dell'ora del suo arrivo. Balza improvviso nella casa paterna, dove son raccolti alcuni amici in dolce intimità intorno al padre e alla madre. Ma nemmeno il padre e la madre, folgorati dallo splendore dell'apparizione, quasi lo riconoscono.

Egli è così bello che non sembra persona mortale. Odora di mare, par materiato di alghe, di sole, di fosforo e di spazio, come una deità marina. Sotto l'abito blu porta una semplice maglia blu: e lo strano è che non pare nemmeno vestito, tanto la maglia e la stoffa si adattano al ritmo arioso de' suoi movimenti. È tutto color di rame e di sole, capelli, volto, collo. È tutto voluttà di vivere, dall'iride cangiante degli occhi verde-onda all'elasticità dei garretti. È tutto salute e bellezza, dalla greca purità dei lineamenti alle perfette proporzioni delle membra snelle. La sua presenza ingenera e sviluppa vibratili ondate di magnetismo animale, e visioni verdazzurre di cieli e di acque. Egli è in contatto diretto e inconsapevole con l'infinito. Oh, che altro non è, se non il mito della giovinezza immortale che passa?... Ognuno che è presente ne ha la sensazione, e adora in silenzio. Ma sente, anche, che quell'adolescente avvolto nel suo umano e divino mistero è stato inviato su questa terra per una testimonianza di sacro splendore.

Quale, non sa. L'avvenire è misterioso come l'adolescente dagli occhi verde-onda. Quale, non sa. Sa che l'ora segnata giunge a suo tempo, e che il cannone romba ancora in lontananza.

La ferrea disciplina marinaresca, le fatiche e le responsabilità della vita di bordo temprarono un corpo e uno spirito già pronti.

Parve che il futuro soldato accettasse la difficile prova semplicemente come una preparazione all'offerta che, a tempo opportuno, non essendogli prima stato concesso, intendeva fare di sè alla causa della libertà latina.

Godeva nel medesimo tempo, con tutti i pori di un organismo fatto per la pienezza delle sensazioni, la gioia di navigar nel più bel mare e di toccar le più belle rive del mondo. Le lettere che da ogni scalo egli mandava ai genitori ed agli amici erano canti di felicità, gorghi di luce: una da Dakar passò di mano in mano, scritta invero con la violenza di quel sole, con la densità voluttuosa di quei profumi, con la sensualità di quelle terre, con sostanza e respiro d'infinito.

Ma in tutte rintoccava, grave e soave, la campana della patria: l'animo del giovanissimo navigatore era, malgrado la lontananza, sul Carso,—dove egli pure avrebbe voluto vestirsi di fango e di sangue, per purificarsi, vincitore, nelle acque dell'Isonzo. Volgeva in Italia il tempo della presa di Gorizia: un ufficiale-poeta poco più che ventenne, di Figline Valdarno, Vittorio Locchi, viveva la gesta, per celebrarla nella canzone «La Sagra di Santa Gorizia», che tutte le bocche italiane ripetono ora a memoria;—e poi morire, rinnovando il miracolo di Goffredo Mameli.

Durante il ritorno da Rio Janeiro, essendo venuto a mancare il secondo commissario di bordo, il comandante che, certo, aveva, con il suo fiuto di dominatore d'uomini, indovinate le qualità eccezionali d'energia del giovinetto allievo, gli affidò quella mansione, malgrado l'estrema giovinezza. Si trattava della sorveglianza della terza classe: mille e cinquecento emigranti.

Roberto Sarfatti tenne il posto, come se non avesse mai fatto altro che comandare e dirigere: con fermezza, con giustizia.

Egli era della razza di coloro che per ben fare han bisogno di sentirsi responsabili. Forse, per capire a fondo il suo uomo sedicenne, al comandante era bastato di fissar gli occhi su quella fronte di marmo: la fronte d'un Capo.

Scoppiò un giorno, nel pandemonio della terza classe, una delle solite risse: per gelosia d'una donna, fra due piccoli siciliani vulcanici. Balenarono i coltellacci: già il sangue stava per zampillare. Ecco Roberto Sarfatti scagliato fra le due furie: riesce, fulmineo, a disarmare i forsennati, ristabilisce l'ordine, confisca i coltellacci. Calmissimo.

Dominio di sè, dominio sugli altri.

Finito il viaggio, portò le due armi alla casa, come trofei.

Ma aveva anche imparato a lanciar la navaja messicana con infallibilità di tiro—e il bellissimo pugnale segnava troppo spesso folgoranti traiettorie nelle stanze dell'appartamento cittadino, che—ahimè!...—non erano le foreste americane: configgendosi nel preciso segno prefisso, muro, mobile, portiera, cristallo, preziosa cornice.—«La raffica» era tornata, investiva turbinosamente l'aria e le anime.

Scherma, tiro di rivoltella, danza, foot-ball, equitazione, nuoto: non v'era esercizio sportivo che non s'adattasse in modo stupendo a quel corpo stupendo. Il suo pugno era temibile, il suo slancio era ferino, la sua elasticità acrobatica, ogni suo movimento imprevisto, pieno d'aria e d'armonia. In rasa campagna scagliava in alto il sasso con la sicura eleganza dell'antico Discòbulo. La duttilità dell'intelligenza si equilibrava in lui con la duttilità delle forze fisiche, come nel tipico campione latino. Il futuro combattente andava delineandosi: combattente che avrebbe pur potuto divenire un conduttore.

Sensibile nel profondo, come tutti quelli che non sanno dimostrare la loro affettuosità. Taciturno, come tutti quelli la cui vita non consiste che nell'azione. Non viveva che per il giorno nel quale i suoi diciassette anni gli avrebbero finalmente permesso di partire per la guerra; poichè una nuova disposizione del governo aveva diminuita di un anno l'età del volontariato.

Della fermissima risoluzione non menava vanto alcuno: chiudeva in sè l'ardore, alimentando in silenzio la fiamma. Ma se, con laconica frase, entrava a parlar della situazione politico-sociale e della guerra, sfiondavan d'impeto nel discorso la sua salda preparazione morale, la sua impavida tempra, la sua convinzione di ferro, il suo sacrifizio già consacrato nella volontà e nel tempo.

Venne il luglio del 1917; e Roberto, finito il secondo anno di studi all'Istituto Nautico, fu alpino. Volontario alpino; e pazzo per la gioia di esserlo.

Aveva scelto quell'arma per la certezza di non esser mai imboscato, nemmeno contro la propria volontà.

Entrò nel 6.º reggimento. Rise a sè stesso, da quel fanciullo che era, quando ebbe la divisa grigio-verde, la penna d'aquila al feltro e il saccapane.

Venne subito mandato a Caprino Veronese, con le reclute, per l'istruzione militare: subito rivelò le intrinseche qualità del soldato d'elezione: rispetto della disciplina, scrupoloso senso del dovere, resistenza alla marcia forzata, alle veglie, alla fame, alla sete, all'abbrutimento della fatica. Per il suo genere di studi avrebbe potuto essere aggregato nei telemetristi; ne fu richiesto: rifiutò energicamente. Per lui, il trovarsi cento metri più indietro della linea del fuoco significava l'imboscamento. L'imboscamento significava il marchio che non si cancella, il disonore dal quale non ci si redime.

—Chi sa imbracciare un fucile,—diceva—deve, ora, servirsene al fronte.

E di venir inviato al fronte quattro volte inutilmente domandò.

Troppo giovine: aspettasse: sarebbe venuta la sua volta.

Era alla vigilia di entrare in una scuola di allievi ufficiali, quando scoppiò la folgore di Caporetto. All'istante ritirò la richiesta: volle rimanere semplice soldato: i tre mesi del corso sarebbero stati un'imperdonabile perdita di tempo, ed egli non aveva tempo da buttar via: egli voleva, doveva battersi.

E tornò a tempestare, per essere scaraventato al fuoco, subito, subito, subito.

Alcune fotografie istantanee mandò in quel tempo di sè alla famiglia, presegli dai compagni nei pittoreschi dintorni di Caprino. In una d'esse egli appare in piedi, pensoso, snellissimo, tenendo con una mano il fucile, con l'altra il bastone ferrato da montagna. Soldato e pastore. Nel suo contegno, nessuna jattanza. È grave e calmo. Fresco fanciullo, uomo millenario. Sa che cosa vuole, sa dove va. Incarna un'idea, rappresenta una superiorità, sta alle porte dell'indipendenza con la sicurezza di difenderle sino alla morte e più in là della morte. Un vasto cielo sopra di lui. Dietro di lui, incorniciandolo nella duplice fiamma nera, due cipressi,—alti candelabri. In essi la profezia è segnata, il fato è scritto; ma tale è l'armonia del quadro, che la figura del giovinetto vi canta dentro, come nella religiosa bellezza di un salmo.

Andò la madre nel novembre ad abbracciare il figliuolo a Caprino, avanti ch'egli partisse per le prime linee. Pochissimo egli parlò, come sempre; ma le si stringeva accanto, appassionatamente. «Mamma cara, mamma bella.» Oh, tanto più alto di lei!... Oh, così bambino e così uomo!...

Sole limpidissimo di giorno, stelle limpidissime di notte. Egli guardava la madre e le stelle; e mormorava, chinando la testa sopra una spalla con quel suo vezzo ancora infantile:

—Mamma, credi tu che in certi momenti della storia molti sentano quanto sia grande l'onor di morire?...

Il ventun di novembre una sua cartolina giunge a Milano:

«Papà, mamma, il giorno della partenza è venuto. Viva l'Italia!...».

In una lettera del dicembre descrive il fuoco con un'evidenza, una spontaneità indiavolata di genuino scrittore:

«È stato un assalto da ridere, perchè i tedeschi sono scappati via quasi subito, e non avevano per fortuna nessuna mitragliatrice. Ma si sono vendicati con un bombardamento d'inferno. Se tu sapessi, mamma, che sensazioni desta un bombardamento di quella specie!... Si era distesi per terra, senza nessun riposo. Con un poco di pratica si conosce dal sibilo la direzione ed il calibro d'un proiettile. Questo, che fischia come un uccello: Sssii.... sssii...,—è un proiettile da montagna: oh!... ma scoppia lontano. Quest'altro: Vvuuvvuff....—è un trecentocinque: corto a destra. Boum!... Ecco: scoppia. Ed ecco il settantacinque, elegante e preciso: questo—ahi!...—mi esplode sopra la testa. Sseu!... pan!... Mi ricopre tutto di terra. E le schegge sembran mosconi che passino rapidi. Una mi ha già ammaccato l'elmetto. Ho molta simpatia per l'artiglieria da montagna. È elegantissima. E le mitragliatrici?... Sembrano comari che si raccontino delle maldicenze. Ta-ta-ta-ta-ta... Bella ragazza, ma.... Dio mene scampi e liberi!... E poi ci sono le pistole a mitraglia: ti-ti-ti-ti-ti.... Quelle sembrano collegiali che giochino ed urlino come uccellini spauriti.—Uh, l'ho presa!... Ma no!... Veh, scappa!... Brava Rosetta!... Corri!... ti-ti-ti...—Ed è la morte che passa. Ah!... La mort est une gaie maîtresse!...»

Prima è in un plotone di arditi: vi compie miracoli di valore; ma si guarda bene dal raccontarli. Scrive semplicemente che ha sofferto la fame e la sete. Ah, la sete!...

In data del trentun dicembre 1917:

«Questa sera è l'ultima dell'anno, ed io la passerò lavorando sotto alla «imminente luna», lontano da voi che amo, ma vicino a voi come non mai. Che Dio vi benedica tutti per l'anno nuovo, e con voi benedica l'Italia, e inspiri gli animi degli italiani, affinchè si ricordino d'essere prima di tutto e rimaner sopra tutto tali».

In data del primo gennajo, 1918:

«Anno che nasci nella strage e dalla strage, possa tu finire in pace, e che il sangue versato sia fecondo almeno!... Ma pace non può per noi significare che vittoria. Un'Europa sotto la Germania sarebbe cosa tanto impossibile e irrazionale, dopo venti secoli che le due razze latina e teutonica si trovan di fronte, in tregua talvolta, in pace mai, che la mente rifugge dal pensarlo!...».

Alla cuginetta Nucci, dal posto del più fiero pericolo:

«Ci si trova ora tra il freddo naturale e il caldo che cercano di produrre i tedeschi, sotto forma di pillole di varia grossezza. Mi rammento qualche volta che un tempo mi lavavo, e mi guardo con malinconia le mani e gli abiti ridotti a brandelli: eppure sento di essere migliore che non allora».

Promosso caporale per merito di guerra, e proposto per una licenza di premio (s'era negli ultimi fatti d'arme reso popolare nel suo plotone per atti di coraggio temerario), ne scrive al padre, con stupenda semplicità:

«Che gioia, che gioia!... Credo mi sarà data una delle cosidette licenze di premio; e il motivo dovrebbe essere quel che mi è successo in Val Capra: sai, quella volta, dopo la quale mi proposero per la nomina a caporale, che mi è ora venuta; ma in verità io non feci che quello che dovevo fare».

Sui primi galloni conquistati scherza in ogni lettera, mattacchione:

«Non mi lascerò ubriacare dalla gloria, sai: e penserò sempre, sia pur nella porpora di caporale, all'umile casetta dove nacqui».

Si precipita in casa il dieci di gennajo, per la famosa annunciata licenza di quindici giorni: ai familiari, che gli si buttano addosso ridendo e piangendo, grida gioiosamente, nel suo dolce dialetto veneziano:

—Fève indrio, che son pien de peòci!... Pidocchioso è, infatti: sporco, stracciato, con peli irsuti di barbaccia sulle guance fuligginose, con un calzone ridotto alla metà e l'altro sforacchiato e bruciacchiato dalle palle. Sa di ferino, sa di trincea. Mai non si vide veterano del fuoco più giovine, più robusto, più slabbrato, più lercio e più bello.

Presto, presto: disinfezioni, bagni, parrucchiere, sarto. Gli eroi sono gli eroi, ma la vita è la vita.

Ah, come se la gode, questa breve parentesi di vita in pace!... Come se la mastica!... Pare un gattone che faccia le fusa.

Potrebbe raccontare di sè cose mirabili: tace, sorride, abbandona alle carezze i serici capelli color di rame, così fini ed elettrici che dànno il fremito alle dita che vi si immergono: e mangia e mangia conserve e dolci.

V'è una mano nervosa e prensile che più dell'altre s'indugia, lenta lenta, fra le ciocche: lui lascia fare, socchiude beato gli occhi sotto la soavità penetrante di quel gesto, e tace.

Nel rapido tempo del suo servizio attivo ha veduto la guerra nel suo più sinistro orrore, l'ha provata nel più acuto patimento e con la più stoica pazienza: è scampato alla morte per miracolo, ha durato i tormenti dell'insonnia che rende pazzi, del bombardamento incessante che rende idioti e sordi, della fame, della sete, del dover riposare accanto ai morti nel fango acquoso di trincea, fetente di detriti e di membra in putrefazione.

Ha ucciso, e urlato di gioia nell'uccidere, e più nemici atterrò più se ne compiacque: così è la guerra. Ha veduto cari compagni procombere e boccheggiar nel sangue, e il suo volto è rimasto impassibile e il suo cuore di bronzo: così è la guerra.

Potrebbe dire e dire—e tace:—senza rimorso e senza orgoglio, perchè sa d'aver compiuto nulla più di quel che s'era prefisso come dovere, e che domani andrà a compiere il resto.

Riparte la sera del ventisei.

Nebbia asfissiante, oscurità di pozzo, senso di soffocazione: tutta la famiglia lo accompagna al treno di tradotta.

Ognuno cerca di mantenersi calmo; ma vi sono onde di presentimento che a un dato istante sommergono il cuore.

Ora e non più.

La piccola sorella è la sola che non riesca a frenare l'angoscia: s'aggrappa alle spalle del suo maggiore, piange, singhiozza, lo ricopre degli ondeggianti capelli rossicci, e non vuole lasciarlo partire, e grida, come se con tal grido potesse trattenerlo: Roberto mio!... Roberto mio!...

Da quel momento egli sa ciò che lo aspetta. Ma resta impavido, si strappa dalla dolce catena vivente, depone la sorellina a terra, bacia, saluta, sorride, scompare.

Divora spazio per arrivar più presto, quasi tema gli manchi il tempo di raggiungere il destino. Rientrando sa che la sua compagnia è impegnata in un'importante azione offensiva: si precipita per trovarsi in linea.

Il giorno ventotto, alle dieci del mattino, è dato principio all'assalto di Col d'Èchele—sull'Altipiano d'Asiago—fra il Monte Valbella e il Col del Rosso.

Dalle dolcezze della casa, il volontario si è riscagliato d'impeto nel divampare della battaglia. Egli respira a pieni polmoni l'odor della polvere: la furia bellica gli arde negli occhi, gli fuma dalle nari.

Si trova con le truppe del centro: resistenza, assai più che alle ali, aspra e accanita da parte degli austriaci; necessità, per sgominarli, di quella travolgente ondata d'entusiasmo che centuplica il valore. La sorte del combattimento ondeggia: vittoria e sconfitta pendono a un filo.

Ed ecco che, mentre gli ufficiali compiono il loro dovere, Roberto Sarfatti semplice caporale dà il suo rugghio e il suo balzo leonino. Ritrova nell'attimo incerto e che potrebbe esser nefasto, le qualità d'uomo di guerra innate in lui: fulmineamente le spiega: scavalca, o abbatte con il calcio del fucile, con la rabbia che stronca ogni ostacolo, quei reticolati che non furono prima fatti saltare dalle artiglierie: primo a scalare la trincea avversaria, si getta in un camminamento nemico, e da solo riesce a catturare trenta prigionieri, e ad impossessarsi di una mitragliatrice: e poi, avanti:

trascina i soldati con la veemenza irresistibile dell'esempio e del grido, li travolge nel suo vortice eroico, è uno e diventa mille, è un ragazzo e diventa un Dio: e, mentre, lanciato all'attacco d'una delle ultime gallerie presso la vetta, canta vittoria con la voce, con gli occhi, con i rossi zampilli delle ferite, piomba fulminato da una palla in fronte.

Raccolto e seppellito l'indomani, con religioso raccoglimento, in terra per lui riconquistata, dai compagni che gli sopravvissero; ma una ciocca dei capelli fu recisa fra grumo e grumo, e portata alla madre.

Diciassette anni, otto mesi e diciotto giorni.

Proposto per la medaglia d'oro.

E adesso?...

Morti su morti. Chi li conta ormai?...

È così facile, mio Dio, è così facile dimenticare!...

L'alba senza sangue sta forse per sorgere; e nel mondo si va facendo un grande silenzio per meglio sentirne il brivido.

Ma noi dobbiamo pur ricordare che la nostra dolce vita, dolce malgrado tutto e semplicemente perchè è la vita e perchè è libera, sono i nostri giovani morti che ce l'hanno ridata.

Quanti furono gli adolescenti che, a somiglianza di Roberto Sarfatti, gettarono di proprio impulso nella immane fornace della guerra la loro esistenza, chiusa ancora nel mistero del boccio e non ricca che di promesse?...

Adolescenti che noi credemmo nati a perpetuare in sanità la nostra razza: che, felici d'intatte vene, freschi della freschezza delle sorgenti, noi credemmo, sì, destinati a raccogliere le faticose eredità della scienza rivolta a sollevare, a guarire i mali dell'umanità:—non a lacerarla, a martirizzarla con i più raffinati ordigni del ferro e del fuoco.

Ma vissero in tempo di strage.

Non essi la vollero: non essi disonorarono la loro somiglianza con Dio disseminandola per il mondo. Preferirono affrontarla, piuttosto che subirla. Difendersi e difendere, piuttosto che accettare il giogo per sè e per altri.

E partirono senza indugio, come se avessero una vera esistenza da offrire, con le sue colpe, le sue esperienze, le sue responsabilità; e non avevano invece fra le mani che un sacro germoglio.

E i padri e le madri tacquero; e non osan nemmeno piangere sui morti.

Noi potremmo ora sgranare piamente il rosario degli adolescenti che caddero nella nostra guerra, come Roberto Sarfatti: ad ogni nome un'Ave, ad ogni gesta un Gloria.

Tutte le sere, dopo il lavoro e prima del giusto riposo, ciascun uomo e ciascuna donna italiana dovrebbe recitarlo, in umiltà ed in passione.

Per la coscienza, affinchè ricordi: per la fortezza, affinchè perseveri: per la pietà, affinchè fruttifichi.

E con quale appellativo li chiameremo noi, quei fanciulli che nella carneficina senza uguali nella storia portarono in nome della giustizia il loro armato candore di arcangeli?... Li chiameremo noi, semplicemente, eroi?...

67

Chiunque è eroe che soccomba compiendo il proprio dovere; e di eroi d'ogni arma e d'ogni classe sono ora rosseggianti le patrie. Del cielo, del mare, della terra: del puro coraggio, del puro sacrifizio, della pura carità: noti ed ignoti, e gli oscuri son forse i più grandi. Al frenetico accanirsi degli spiriti del male le razze migliori hanno risposto esprimendo dalle forze più vive i campioni più perfetti, che la morte trasfigura, ma non distrugge.

Ma quei fanciulli, quei nostri fanciulli, vollero testimoniare la necessità della guerra per la pace andando incontro alla morte prima ancora di vivere.

Troviamo dunque per essi, nel nostro religioso fervore, il novissimo nome che li incoroni per l'eternità!...

Forse ignorarono essi medesimi il supremo valore della loro morte volontaria.

Credettero di offrirsi alla patria, per la sua libertà.

Alle patrie, per un accordo fondato sulle basi di una giustizia superiore, che renda inutile la potenza delle armi.

Grande sogno, e grande morte; ma il loro sangue innocente valeva di più.

Morirono perchè ritorni a vivere, nel cuore degli uomini, la bontà.

Perchè dagli uomini non venga più tradita la legge della carità.

Perchè l'anima umana ridiventi bambina, come essi erano alla vigilia di far di sè il tremendo e dolcissimo dono.

Verso che cosa non andiamo noi, fra tanti sommovimenti e tanti spasimi, se non verso la nostra liberazione dallo spirito del male?...

E quando mai avvenne che il sangue innocente versato in olocausto non abbia prodotto il miracolo?...

Più in là della patria, più in alto della patria, per un dovere e un amore più vasto, per una umanità che dopo il supplizio spaventoso si risollevi purificata, ritrovando nella sua stessa povertà, nelle sue stesse piaghe le somiglianze fraterne!...

Morti per questo, Roberto Sarfatti e i divini Fanciulli.

S'inganna chi fra noi deplora che tanta bellezza e tanta forza non abbiano avuto il tempo di trasmettersi in un'altra generazione.—Queste e le future generazioni essi invece fecondano, con il loro seme leonino che non potè in vita dar vita a singola creatura.

La virilità creativa del loro atto di morte sarà inesauribile nello spazio e nel tempo.

Non un atomo di quella sostanza di giovinezza andrà perduto.

Non un raggio di quelle essenze astrali andrà disperso.

In nome del passato, che è grandezza e rimembranza.

Del presente, che è grandezza e dolore.

Del futuro, che sarà grandezza ed amore: in vasta pace vastissimo amore, che solo ha smarrita ma non perduta la via del cuore degli uomini.

Ottobre del 1918.